チューリップの誕生日

楡井亜木子

ピュアフル文庫

チューリップの誕生日

「キューリとミカン」は、最も過激なライブハウスだ。あたしだけでなく、誰もがそう思っている。

オーナーの三原《みはら》さんは、二十年前に一年間だけ活動していた、日本で最初のパンクバンドだといわれている「黒いキューリ」のヴォーカリストだった。あたしは、もちろんその頃のことはまったく知らないけれども、たくさんの伝説は聞いている。ライブの直前に喧嘩《けんか》をして歯を折って、血だらけの口で現れて三時間歌い続けたとか、学生運動の集会にいきなりやって来て、何百人もの学生が騒いでいるのを「黙れ」の一言で静かにさせてしまったとか、そんな話を雑誌で読んだり人から聞いたりしていた。

三原さんは今年で四十歳だから、あたしの両親より三歳下なだけだ。でも、彼等と三原さんは全然違う。あたしの両親は、学生時代は学生時代としてすっかり完結させていて、いまはもう、大人になっている。恐らく、二十代と三十代を無事に終了させて四十代を過ごしている。

でも三原さんは「黒いキューリ」のままの四十歳なのだと思う。

彼は、どんなに売れていないバンドでも、開場には必ず立ち合う。チケットを回収する若い従業員の隣りで下半身を少しよじって立ち、客のひとりひとりを盾で押し戻すような目で見ている。そして気に入らない客は、本当にその場で帰してしまうのだ。

それはあたしも、何回か目撃したことがある。

その時、三原さんは必ず、

「悪いけど、帰ってくれないか」

とだけ言う。掠《かす》れたり尖《とが》ったりしていない、鉄の管のように滑らかで頑丈な声で彼がそう告げると、従業員が慌《あわ》ててチケットの代金を払い戻す用意をする。彼の言葉は依頼なのに、誰もそれに逆らえない。客はずっと前にチケットを取って金を払い、わざわざスケジュールを空けて足を運んだというのに、彼に操られた凧《たこ》になり、糸を切られてただ地面に落ちるだけだった。

三原さんが客を選ぶ基準は、誰にもわからない。金髪を逆立てた革のパンツの男が入れないこともあるし、両頰を赤くした高校生の女の子が咎《とが》められずに入れることもある。三原さんは、選ぶ基準ではなく、権利を持っているのかも知れなかった。

彼は、帝王だった。ライブハウスの入口で追い返されても、客は彼のきっぱりとした態度に文句も言わず、静かにうなだれて引き返してしまうのだ。三原さんの短く刈り上げた、黒いあざらしのように硬い髪や、身体《からだ》にぴたりと貼りついた着古した白いTシャツや黒いジーンズは、周りの空気を休むことなく研いでいた。季節にまるで関係なく、三原さんのいる場所は冬の林のように冷ややかで澄んでいた。

あたしが初めて「キューリとミカン」に行ったのは十三歳の秋で、チケットすらも売って貰えないかも知れないと考えながら、急な階段を一人で降りた。店はそれまで行ったどのライブハウスよりも狭く、汚かった。チケットブースで、身体を窮屈そうに縮めていた男が顔を上げた。

あたしは出来るだけ抑えた調子で「来月の二十一日のチケットを一枚下さい」と言い、ブースを覗《のぞ》きこんで三原さんを探した。当日に入れないくらいなら、この場で断られた方がましだと思った。が、彼の姿は見えず、肌の荒れた男は、無関心にチケットを差し出した。あたしは家に帰ってから、茶色の紙に店の名前と日付と番号が書かれているだけの茶色の紙を、掌《てのひら》で何度も撫《な》でた。

ライブの日に、あたしは初めて三原さんを見た。想像していたより、小柄で華奢《きゃしゃ》だった。手足が細くて、食糧事情のよくない高校生のような身体だった。けれども、腕組みをして壁に寄りかかっている彼は、公道では性能を十分に発揮できないパワフルなエンジンを載せた、シャープな車に見えた。チケットの番号が五十番台だったあたしが待っている間に、合計三人が入場を拒否されていた。きっちりと化粧をした一目で高校生とわかる女の子が、真黒に塗った瞼《まぶた》に片手を当てて階段を駆け上がって行き、底の厚い靴を履いた男の子が何か叫びながら追いかけて行った。あたしのすぐ前の二人連れのサラリーマンが、

「今日、多いんじゃないか。この分じゃ、十人ぐらい入れないぜ」

「こんなもんだろ。いつかなんか、二十人近く駄目だったってさ。すげえよな」

と、小声で話し合っていた。あたしはジャケットのポケットの中で、指の形に細く丸まった茶色の紙を握りしめていた。

自分の順番が来て三原さんの前に立った時、あたしの足は指先から蟻《あり》が這《は》い上がってきたように震え出した。神経が、自分の頭でコントロール出来なくなっていた。あ

たしは、目の前に立っている三原さんによりも、勝手に反乱を起こした自分の身体の中身に怯《おび》えた。

三原さんは、噂のように恐ろしくはなかった。ただ彼の目は、あたしの頭蓋骨を切り開いて脳を取り出し、いままでの記憶を眺めてでもいるようにまっすぐで透きとおっていた。あたしは、透明な瞳が人を攻撃する力を持つことを初めて知った。

あたしは三原さんに気づかれないように出来るだけ静かに空気を長く吸いこみ、それで身体を膨らませて、ざわざわと走り廻っている蟻の足軽達を圧迫死させた。そして死骸を抱えこんだまま、彼に視線を返した。

「一人か」

三原さんが尋ね、横にいた従業員が驚いたように彼を振り仰いだ。彼が喋《しゃべ》るのは、開店当時から通い続けている常連と、追い返す客にだけだったからだ。歯茎の内側からさらさらした唾《つば》が湧《わ》いてきて、あたしは瞬きもせずにそれを呑みこみ、同時に頭を一直線に上下させた。

「歳《とし》は」

「十三歳、です」

三原さんは顎《あご》の先でうなずいたように見えた。が、実際は睫毛《まつげ》を少し動かした程度だったかも知れない。

「頑張れよ」

帝王にそう言われても、中学二年生のあたしにはどう対応していいのかわからなかった。ただ、彼はあたしが知っている大人の中で、きちんと礼儀正しく向き合わなければならない唯一の人間のように思われた。あたしは頭頂部が見えるほど深く頭を下げた。

三原さんの言葉は、原石だった。それは、取り出して眺めるたびにあたしの視線で磨かれて、どんどん輝きを増していった。あたしは大人の女が宝石を見つめてうっとりするように、それを頭の中で味わい、甘い感覚を筋肉に拡散させていった。

三原さんはあたしを憶《おぼ》えたらしく、姿を見つけると必ず何か言ってくれた。あたしは原石を集めて有頂天になっていたけれども、まわりの客を見渡すと思わず溜息《ためいき》をついてしまうのだった。

「キューリとミカン」は、客の年齢層が高い。高校生でさえも、滅多に見かけないくらいなのだ。出演しているバンドも三原さんに認められたものだけで、テレビに出たりはしていない。学校にいる時は皆が黙りこんでしまう大人びたあたしも、ここでは野良犬の仔のようなもので、目につくのは当たり前なのだった。

あたしはたいてい、壁際でオレンジジュースを飲みながら開演を待っていた。一人で行くライブは、中に入ってから開演までの時間が長い。荷物を置いてトイレに行くわけにもいかないし、話し相手もいない。酒も煙草《たばこ》もまだ駄目だったあたしは、果実の味と水の味が分離したジュースをゆっくりと飲んでいた。

すっかり退屈になって天井を見上げたり壁を眺めたりしていると、髪の毛を紫に染めた男が客をかき分けて近づいてきた。

「おい、時々見かけるけど、三原さんの知り合いなのか」

あたしは男を見上げて、黙ったまま首を振った。三原さん以外の人間に話しかけられるのは初めてで、どう答えていいのか、それ以前に返事をしていいのかどうかもわからなかった。男は不満そうに続けて言った。

「だって、よく喋ってるじゃん。それに、いつもこのへんにいるだろ」

「喋るっていうほどは喋ってないし、ここだって、決めてるわけじゃないよ」

男につられて、あたしも無愛想に答えた。なぜ話しかけてきたのかわからなかったから、初対面の相手には警戒した方がいいと判断したのは、トラブルに満足に対処できない子供の本能だった。が、彼は白い手でビールの入った紙コップを持って、少し羨《うらや》ましそうな顔をした。

「三原さん、喋る時ってどんな感じ」

「どんなって言われても困るけど、そんなに理不尽に怖い人じゃないような気がする」

「いいよな、三原さんと話せるなんてさ」

いつの間にか、紫の髪の連れが何人か集まってうなずいていた。周りの客も、ちらちらと見ている。困って黙っていると、紫の髪はステージの方を指した。

「俺達の方に来ないか。もっと前だし真中だぜ。いつもここだからここでなきゃ駄目なら、俺達がこっちに来るけどさ」

「別にどこでもいい」

あたしはオレンジジュースを持って、彼等の場所に移動した。ステージが始まるまで彼等の話を聞いたり、自分のことを尋ねられて話したりした。そしてその日は、待っている時間が身体に巻きついて、力を吸い取ってしまうような疲れは感じられなかった。

それからは、店に行くたびに客の誰かに声をかけられるようになった。あたしは知らない相手とも共通の話題を探して喋る技術を身につけ、気がついた時には最年少の常連になっていた。中学三年生の、夏の終わりだった。

一人で出かけても、店に着けば誰か顔見知りを見つけられるようになった頃、三原さんが尋ねた。

「バンドは、やってないのか」

「はい」

もう足の指から蟻が這い上がってくることはなかったけれども、彼の前に立つと、透きとおった瞳に身体を削り取られるかも知れないと、あたしは真剣に覚悟する。

「やってみろ」

「あたしが、ですか」

「ああ」

思わず聞き返すと、三原さんは子供が生まれて初めてチョコレートを食べた時のような顔で笑った。初めて見た笑顔と、彼に言われたことの両方を抱えこんで、あたしはその重さに正直に困った。

「ユーリには、ベースが向いているな」

三原さんはきっぱりと言い切り、すぐにいつものように閉ざされた表情になった。あたしは、走り続けて瘦せてしまった戦車のような彼の後ろ姿を何度も振り返りながら、店の中に入った。

確かにあたしは、楽器の中ではベースの出す音が一番好きだった。長い音も短い音も高い音も低い音も、動物が立ち上がって動き廻っているように聞こえる。あたしの頭と身体はその音とつながってでもいるように正確に反応し、どこにあるかきちんと示せない心が、オーブンに入れられたチーズのように溶けていくのが感じられるのだった。

あたしは、まだ暗いステージの奥に立てかけてあるベースを見て、首を傾《かし》げていた。三原さんの言葉は、いつでも助言ではなくて命令なのだった。あたしが中学生であることや、ベースどころか楽器は何ひとつ弾けないことは、飴玉《あめだま》ほどの硬さでしかなかった。そしてそれは、アスファルトと靴の踵《かかと》に挟まれたように、くしゃりと音をたてて粉々になった。

あたしは、両親と、二歳離れた弟と暮らしている。が、父親は建設会社のサラリーマンで、日本とシンガポールを行ったり来たりして、一年のうち半分以上はいない。その代わり、家には母親が弟の次に自慢に思っている、服を着た生意気な白い雌猫がいる。

いつものように父親のいない夕食で、あたしは母親に切り出した。

「お金、貸してくれないかな」

母親は弟に茶碗を渡しながら、瞼を機械のように動かしてあたしを見た。

「お小遣い、渡してあるでしょう。あれで足りないの」

「足りなくはないけど、ちょっと買いたい物があるから」

「何」

「楽器」

母親はすべて納得したように、まんべんなくファンデーションを塗った皮膚を少しも動かさずに「ふうん」と言った。この人は、学生時代にミスのタイトルを二度手に入れている。確かに、重箱に入った正月料理のような由緒正しい顔立ちをしているし、それを大事に手入れしているから、一般的な四十代の女に比べて美しさが目減りしていない。が、あたしや父親に対しては、筋肉を動かすと皺《しわ》が増えるとでも思っているように無表情だ。

「それで、いくらいるの」

「十万くらい」

母親より先に、弟が呆《あき》れたように首を振った。

「よくそんな大金を平気で貸してなんて言えるね」

「あたしに必要なんだから、別にどうってことないと思うけど。くれって言ってるわけじゃないんだし」

「僕は、くだらないと思うけど。あの下品でうるさい音楽をやるわけなんだし」

「あんたに話してるんじゃないね」

弟は、小学校の時から体育以外は常に首席だ。あたしも学校の成績はいい方だけれども、彼と決定的に違うのは素行の悪さだった。弟は体育以外のことは家庭でも学校でもすべて優等生だし、あたしは成績以外はすべて悪い。弟と話していると、時々三原さんよりも年を取った男の相手をしているように錯覚する。

あたしは、弟は無視して母親の方を向いた。

「駄目？　高校に入ったらバイトして返す」

「高校には、ちゃんと入れるんでしょうね。夜遊びばかりして忘れてるだろうけど、あんたはそれでも受験生なのよ、それでも」

それでも、と繰り返されて、思わず苦笑いをした。

「近所の都立に入るよ。それでいいでしょう」

母親は首を横に振るのが面倒だからといった感じで、頭の頂上を前後に小さく動かした。

「まあ、あんたが何をしようと勝手だから。貸してあげるけど、ちゃんと返してよ。それから、私達には迷惑をかけないで」

「どうもありがとう。何なら借用書を書いてもいいよ」

母親はにこりともせずに、あたしの側《そば》のサラダの入っているボウルを引き寄せて自分と弟の間に置いた。あたしは湯飲みを持ってお茶を汲《く》みに行った。流しの横で一口飲んでテーブルの方を見ると、母親と弟が何か話しながら笑っている。急にテレビがついたように賑《にぎ》やかになった食卓を横目で見て、あたしは立ったままお茶を一気に飲み干した。

秋に、「キューリとミカン」の常連の石原《いしはら》君という大学生について来て貰《もら》って、新《しん》宿《じゅく》の楽器屋でベースとアンプと教則本とリズムボックスを買った。石原君は「キューリとミカン」には出ていなかったけれども、ごくたまに荻窪《おぎくぼ》や高田馬場《たかだのばば》のライブハウスで演奏している。サークルの仲間とバンドを組んでいるらしく、いかにもいまどきの大学生といった男の子だった。その気安さと元気のよさは、中学生のあたしには有難いことで、常連の中でも仲がいい。

石原君は楽器屋で顔見知りらしい店員を摑《つか》まえて、次々にベースを出させては弾いた。そして三本を選んで自分の横に並べ、椅子に座ったまま店員を見上げた。

「この子が弾くんだよ」

あたしは慌てて店員に向かってぺこりと頭を下げた。赤い髪を後ろで束ねた店員は、あたしを上から下まで刷毛《はけ》を動かすように一気に見た。

「背があるから、どれでもいいんじゃないの。初めてだよね」

「そう」

「やっぱり最初は、あんまり重いと辛《つら》いもんがあるよ。特に女の子は、それだけで嫌になってやめちゃう子とかね、わりといるから」

「この子は根性が据わってるから、大丈夫だよ」

石原君は笑いながら立ち上がって、「ちょっと持ってみれば」と、椅子を示した。あたしはずっと、喉《のど》の入口に粘土の栓をされたように言葉をつかえさせていた。温められたビニールレザーの椅子に座ると、石原君が一本のベースを持ち上げて太腿《ふともも》の上に載せた。

その楽器は、想像していたのとはまるで違う感触だった。音楽を演奏するために作られたとは思えないほど、重く硬かった。大きな身体は細い幅に体重を全部載せて、傲慢《ごうまん》に太腿に喰いこんでいた。あたしはその重さに威圧されて、ネックとボディを支えたまま、何も出来なかった。

「わりといい感じだね」

「やっぱり、似合うよ。三原さんが言うだけのことはあるな」

「雰囲気あるから、どれでもいいと思うけどね。あとは本人の好みじゃないの」

二人が話しているのを聞いて、やっとあたしは一番上の弦を指で引っかけてみた。銀色の鉄線はごく当然のように身体を震わせて、雑音に近いくぐもった音を出した。忠実に揺れ続ける弦を見ながら、官能的というのはこの音のことだろうと思った。あたしは石原君と店員を見上げて、

「これにする」

と言った。その店で喋った、初めての言葉だった。

石原君は何度か家に来て、ベースの弾き方を教えてくれた。それは、どのようにシールドをつないで電源を入れるといったような、どちらかというと取扱い方に近いものだった。あたしは音が出せるようになると、簡単な曲のコピーをしたり、譜面を読んでリズムボックスに合わせて一人で弾いたりしていた。

考えてみれば、バンドを組む予定もないまま、親に借金をしてベースを買ったのだった。

あたしは学校から帰るとヘッドフォンをかぶって黙々とベースを弾き、夕食を食べてまたすぐにステレオの前に座りこんで弾き、疲れると寝転がってCDを聴いた。が、それほど夢中になっているわりには、ベースを弾くのは面白いことではなかった。自

分が出す音より、人が出す音の方が良質なせいでもあるだろうし、まだうまく弾けないせいでもあるだろうけれど、ライブに行っている方がずっといいと思っていた。

けれども、あたしの身体はベースとステレオに貼りついてしまっていた。音と身体の内側が、絡《から》まり合って離れないのだった。あたしは頭と心が別々の働きをすることを知り、更《さら》に心が持っている力の方が強いことを知った。あたしの頭はもう、譜面を読む時にしか主導権を取れないのだった。あたしの心は、身体を機械のように支配していた。

あたしの耳は、毎日長い時間ヘッドフォンで押さえつけられて、いつも痛かった。頭蓋骨は、大きな音で叩かれ続けて耳鳴りが止まなかった。そのせいで、学校にいる間は無愛想な顔で机に肘《ひじ》をついて宿題や予習に追われていた。

学校には、風が吹いていた。生徒達は吹きさらされて身体を丸め、両腕で胸を庇《かば》って顔を伏せていた。校舎も校庭も教師も味方につけて、風はいっそう強く生徒達に吹きつけていた。あたしはその中で、一人だけ呑気《のんき》に音楽に溺《おぼ》れ、テストの時だけいい点をとって答案用紙で風を払った。風は終わりのない塊《かたまり》のように力いっぱい向かってきたけれども、その音はさほど大きくなく、虫が薄い羽を擦《こす》り合わせている程度にしか聞こえなかった。あたしは近所の都立高校に合格して、風に鼻で笑ってみせた。

　その都立高校を選んだ理由は、二つあった。制服がないことと、家から近くて通学に時間を使わなくて済むことだった。重い鞄《かばん》を持って何十分も混雑した電車やバスに乗っているよりも、楽器を弾いていたかった。家でステレオやリズムボックスを相手に練習するのに、飽きていた。きちんとバンドを作って、他の楽器と音を合わせたかった。ベースを買ってから、もう半年が過ぎていた。


　高校生になっても、あたしの生活には変化がなかった。週に一度か二度はライブハウスに出かけ、残りの日はあてもなくベースを弾いていた。学校に行くのは、母親から小遣いを貰う代わりのようなものだった。あたしは、仕事が面白くないと言いながら会社に通うOLと同じだった。

　三原さんは、相変わらず店の入口に立って客を選んでいた。冬の間は革のジャンパーに黒いトレーナーだったが、春になるとまた白いTシャツに替わった。彼はいつも、写真のように同じ姿だった。

「ベース、弾いてるか」

三原さんは、クラブの顧問が部員を監督するような口調で言った。あたしはうなずいて「一人でですけど」と小さな声で答えた。

「チェルシー、知ってるな」

「はい」

「今度ベースが抜けるんで、人を探してる。オーディションをやるから、受けてみろ」

「あたしが、ですか」

あたしは半年前と同じことを言った。チェルシー・ガールは「キューリとミカン」に出ている唯一の女だけのバンドだった。この店では他に女のバンドは出ていないし、メンバーの中に女がいるバンドもなかった。その意味では、チェルシー・ガールは店の看板だった。あたしも観たことがあるが、確かに三原さんに認められたバンドという印象だった。うまいだけでなく、メンバーひとりひとりに迫力と華やかな雰囲気がバランスよく共存している。毎年増えている、可愛らしい女の子のバンドとは何もかもが違っていた。

考えこんでいると、三原さんはオーディションの日時を告げ、あとは何も言わずに自分の仕事に戻っていた。あたしが必ず行くはずだと、決めているようだった。

三原さんは、あたしの線路の切替ポイントを握っている。彼は電車を見ると水道の蛇口を捻《ひね》るように簡単にポイントを動かし、進路を変えた電車を見送るのだった。あたしは線路を選べない電車になり、チェルシー・ガールの事務所に電話をかけてオーディションの方法を聞いた。

オーディションは平日の午後で、学校から走って帰ると、ジーンズとトレーナーのままベースを担いで電話で聞いていたスタジオに行った。ベースを持って歩いたことがなかったので、電信柱が背中で弾んでいるようだった。歩くコツさえ知らないあたしは走ることも出来ず、スタジオに着いた時には指定された時間を一分過ぎていた。

古くなった巨大なカステラのようなスタジオの扉を恐る恐る押すと、中にいた人間が一斉に顔を上げた。あたしは何と挨拶《あいさつ》していいかわからずに、斜めに開いた扉に押し戻されないように、肘をまっすぐに突っ張っていた。

「何?」

メンバーの隣りに座っていた男が、無愛想に言った。年は三十くらいで、何となく蓮根《れんこん》を連想させる人だった。

「あの、オーディションに」

「入っていいよ」

蓮根がそう言ったので、中に入った。メンバー全員が一列に並んで座り、その向かいにオーディションを受けに来たらしい女が四人いた。皆あたしより年上に見えた。あたしだけが化粧をしていなくて、普段着だった。

「これで全部かなあ。応募は七人だったんだけどな。まあいいや、始めます」

蓮根はバンドのマネージャーで、川崎《かわさき》という名前だと自己紹介をしてオーディションの方法や目的を喋った。あたしは初めて入ったスタジオが珍しく、彼の話はほとんど聞かずにぽつぽつと穴の開いた壁や汚れた床やドラムスやキーボードを眺めていた。知らない人ばかりなことや自分の実力を判断されることに怖気《おじけ》づくよりも、大きなアンプにベースをつないで音を出せることに喜んでいた。

スタジオに着いた順にオーディションが始められた。あらかじめ出しておいた履歴書を見ながら、メンバーやマネージャーが少し質問をして、それから指定されたチェルシー・ガールのオリジナルと自分の好きな曲を一曲弾く、という形だった。

最初は、二十一歳のＯＬだった。ソバージュの長い髪に、黒く光る素材のワンピースを着ていた。背はあたしよりも高かったけれども、化粧が下手なのか爬虫類《はちゅうるい》のような顔をしていた。マネージャーはいままでのキャリアや生活のことを尋ねていたが、メンバーは音楽とはあまり関係ないことを聞いていた。ベースのジュリアさんは大真《おおま》面目《じめ》な顔で、

「男と音楽とさあ、どっちが大事だと思う？」

などと言って、ほかのメンバーに怒られていた。

二十一歳のOLがベースを弾き始めるとすぐに、あたしは「あんまりうまくないな」と思った。きちんと説明することは出来ないが、ベースの音はもっと有無を言わせない頑丈なものであるはずだ。他のパートを力ずくで引きずって、地面にその跡を掘りながら前に進んでいく楽器なのだ。あたしはOLのベースは聴かずに、バンドのメンバーを観察していた。皆さすがに真剣な顔で、首や手や足でリズムを取っていた。ヴォーカルのエミさんは脚を組んだまま踵をわずかに動かしていたが、真赤な口紅を塗った厚めの唇を退屈そうに突き出していた。髪の毛は向こうが透けそうな薄茶色で、気の強い下町の外人という感じだった。

後の三人も、特別にあたしよりうまいとは思えなかった。機械を相手に面白くもな

いリズムキープの練習をするのが、実は大切なことだったのかも知れないと、石原君のトレーニング方法の確かさに、いまごろになって感心した。

最後に、あたしの番がきた。立って、

「渋沢有理《しぶさわゆうり》です」

と言うと、履歴書を見ていた蓮根が、

「あれ、高校生か。参ったなあ」

とメンバーの方を向いた。電話をした時には「身長が百六十センチ以上で、ベースが弾ければいい」と言われたのだが、それがこの男だったかどうかはわからないので、あたしは黙っていた。

「家の人とかさ、知ってるの。オーディションを受けに来たこと」

「知りません」

「まずいんじゃないの」

「そうですか」

オーディションに落ちても別に困らないので、蓮根の言うことを特に否定する気もなかった。ただ、防音設備の整った部屋で、好きなヴォリュームでベースを鳴らしてみたかったので、駄目でも一曲は弾かせて欲しかった。

「三原さんって、『キューリとミカン』の三原さん？」

マネージャーから廻された履歴書を見て、エミさんが尋ねた。履歴書を書いたことがなかったあたしは、欄はとにかく全部埋めなくてはならないのだと思って、志望の動機の所に「三原さんに勧められたから」と書いたのだった。

「そうです」

「なるほどね」

エミさんは顎を少し上げて笑い、隣りのジュリアさんもあたしを見て少し笑った。蓮根だけが、下の歯を見せて溜息をついていた。

「高校生じゃねえ。遊びでやってるんじゃないんだから、ちょっと困るよなあ」

「弾くだけ弾いてみてもらえばいいじゃないの。彼女だって、せっかく来たのに高校生っていうだけで追い返されちゃ納得いかないだろうし。あたし達も、聴いてみたいよね？」

エミさんは黒いギャザースカートの下で脚を組み替えて、メンバーの方に顔を向けた。彼女達がうなずいたので、蓮根はあまり気乗りがしない様子で「じゃあまあ、ちょっと弾いてみてよ」とアンプを指した。あたしは蓮根には何も言わずに、エミさんに「すいません」と頭を下げた。目の周りを太いアイラインでぐるりと囲んだ唇の厚いこの女が、昔から可愛がってくれている親戚のお姉さんのように好意的だったことが、意外なだけに嬉《うれ》しかった。彼女がとりなしてくれなければ、あたしはベースを担いでおめおめと帰るはめになったかも知れなかったのだ。

家にあるものとは比べものにならないくらい大きなアンプにシールドでベースをつないで、メンバーの方を向いた。曲名を告げて弾き始めようとすると、エミさんの夕《ゆう》凪《なぎ》のような顔が目に止まった。

彼女は、あたしの実力を知るまでは年が幼いことや化粧をしていないことを判断の基準に加えないと決めている、公平な顔だった。彼女も、あたしが知っている多くの大人とは違う種類の人間だった。エミさんの、ニュートラルな態度に応えたいと思った。

初めて人前で弾くのだから多分あがるだろうと考えていたが、一人でいる時と同じように演奏していた。一人で弾いている時よりもうまくもなく、へたでもなかった。大きな音で気兼ねなく弾けた分、調子がよかったかも知れない。人の目に触れているのは身体の外側の皮膚の部分で、ベースを動かしている筋肉や音を捉《とら》える耳の内側は、観客の視線から守られて平然と機能した。あたしの身体と心は、音にだけ正直に反応するのだった。

自分でも気がつかないうちに、ライブハウスで踊っている時と同じように身体を揺らしていたらしかった。二曲弾き終わると、ストラップが肩に喰いこんで筋肉を削り取ろうとしていた。それは、痛みよりは負担に似ていた。

「いいノリじゃん」

ジュリアさんが屈託なく言った。その口調は、エミさんの公平な顔つきと同じ種類のものだった。あたしはベースを弾かせてもらったことに感謝する意味で、頭を深くゆっくりと下げた。エミさんは「お疲れさまでした」と言い、ジュリアさんに向かって呆れてみせた。

「いいよねえあんたは。責任なくて能天気で」

「あたしだって、責任は感じてるんだってば。だけどさあ」

「はい、お疲れさまでした。これでオーディションは終わりです。決まった人には、後日連絡します。お疲れさまでした」

マネージャーが、ジュリアさんの言葉を遮った。あたし達は楽器を片付け、来た時と同じように、あまり清潔でない扉を押して外に出た。日が暮れた繁華街は赤や黄色や緑のネオンサインを起床の目印にして、昆虫が移動するように急いで稼働のペースを整えていた。あたしは、馬鹿馬鹿しいほど大きなキャバレーのネオンサインを見上げた。ここが仕事場の人も、いるのだと思った。

二日後に、蓮根から電話がかかってきた。オーディションをした中ではあたしが一番良かったけれど、とにかくまだ高校生だから一度相談したい、と早口で言った。電話で聞くと、外見とそぐわない低くて雑音の少ない声だった。

翌日、学校から直接チェルシー・ガールの事務所に行った。ターミナル駅で乗り換えて、教えられた通りの道を早足で歩いた。大通りから少し入ったところにある、ヨーロッパの煙突のように四角く小さなマンションだった。一階に、あたしでも名前を知っているイタリアのデザイナーの店が入っていて、ジーンズと布製のスニーカーでリュックを肩にかけて階段を上っていくあたしを、着飾った店員が鮮度の落ちた魚のような目で追っていた。

事務所には、メンバーとマネージャーの他に、もう二人男がいた。普通のワンルームマンションに、机が二つと応接セットと本棚が、買った順番に並べられたという感じに置かれていた。チェルシー・ガールや他の二、三のバンドの大量のポスターが壁や天井を覆い、柱の陰にはビデオテープが二メートルくらいの高さにまで積み上げられていた。

マネージャーはあたしとメンバーにコーヒーを淹《い》れてくれた。背の低いテーブルの上に、砂糖とミルクが入った銀色の壺《つぼ》が置かれていて、彼は、

「これはセルフでよろしく」

と言った。向かい合って座ると、コーヒーの香りより先に、枯草の匂いをアルコールで伸ばしたようなオーデコロンの匂いが届いた。

「今日も、学校が終わってから直行で来たんでしょう」

マネージャーはあたしの胸のあたりを見て尋ねた。

「そうです」

「そういうの、きついと思うんだよね僕としては。ロックバンドだからって夜しか活動してないわけじゃないし、明け方まで練習することだってあるし。やっぱり厳しいよね」

「はあ」

　あたしは仕方なくうなずき、手持ち無沙汰《ぶさた》になったのでコーヒーを飲んだ。

「だけど結果としては、まあなたが一番良かったし、メンバーも気に入ったって言ってるのよ。で、うちとしてもちょっと差し迫った事情があるから、またオーディションっていうのもなるべく避けたいんだわ」

「そうですか」

「チェルシーでやってくとなると結構忙しいけど、学校とか本当にちゃんと休める？　今日はそのへんを聞いときたいと思って来て貰ったんだけど」

「学校は都立だから、出席とかはそんなに厳しくないと思います」

「どこだっけ」

　ギターのマキさんが低い声で聞いた。

「Nです」

「Nだったら、平気なんじゃないの」

「マキの母校か」

「違う。あたしはH」

マキさんは、あたしの学校よりランクが三つくらい上の、都内でもトップクラスの高校の名前をそっけなく言った。マネージャーはまだ半信半疑で、不服そうにあたしの方を向いた。

「家の人は、何ておっしゃってるの」

「まだ言ってないんですけど、あたしが何をしてても興味のない人ですから」

「決まったら、僕が挨拶に行くことは行くけどね」

「うわあ。川崎さん、カタギの家の人に頭下げに行くの。勿論《もちろん》スーツとか着てネクタイ締めて行くんだよね。信じられない」

ドラムスのデイジーさんが大げさに驚いたので、マネージャーは彼女を横目で睨《にら》んだ。

「いいよなあ、おまえらは呑気に笑ってればそれで済むんだからな」

「どうしてあたしに言うのよ。ジュリアでしょう、トラブルのもとは」

「そのジュリアを連れてきたのは誰だよ」

「あ、それは八つ当たりってもんだわ。第一、あの時ジュリアは岡部《おかべ》さんとは付き合ってなかったんだからね」

デイジーさんは瞬きをひとつして大きな目であたしを見た。

「ジュリアねえ、子供産むんだって」

「は？」

あたしは聞き返し、自分の口が丸く開いているのに気がついて急いで閉めた。襟ぐりが広く開いて、鎖骨が全部出ているジュリアさんの濃いピンクのワンピースは、あたしがいままで見た洋服の中で一番スカート丈が短い。思わず彼女のお腹のあたりに目をやったが、他のメンバーと何も変わりはない。あたしが何も言えずにしげしげと見ていると、ジュリアさんは形のいい脚を全部見せて斜めに組んだまま、元気よく笑った。

「まだ先の話なんだけど、やっぱり肉体労働だからね。早めに休んだ方がいいと思ったのよ」

「そんなわけでさあ。あ、この話はまだ社外秘なんだけどね、とにかく急いでるんだわ」

マネージャーは憂鬱《ゆううつ》そうに頬杖をついた。あたしは「そうですか」と言い、またコーヒーを飲んだ。オーディションの時も今もこの言葉を何度も使ったことが、あたしを子供だと説明していた。ジュリアさんが、音楽よりも赤ん坊を産むことを選択したのが理解出来ないことも、そうだった。

あたしは、自分からはやるとも止めるとも言い出せなくなった。金を稼ぐということは、ただベースが弾ければいいだけではないような気がしたからだった。他に何が必要なのかはわからなかったけれども、わからないから、世の中は子供が働かなくてもいいようなシステムになっているのだろうと思った。


結局、あたしはチェルシー・ガールに参加することになった。マネージャーは吐き出した空気が手で触れられるくらいはっきりとした溜息を大きくついて「チェルシーの将来より、まずは明日の仕事をどう片付けるかだからなあ。それに、変な子を入れて『キューリ』に出られなくなったら困るんだよね」と言った。

彼はあまり似合わないグレーのスーツを着て、家に来てくれた。母親は猫を膝《ひざ》の上に載せて撫でながら乾いた表情で、

「そうですか。それではよろしくお願いします」

と言っただけだった。マネージャーは拍子抜けして、事務所の近くのケーキ屋で買ったクッキーを置いて五分足らずで帰ってしまった。客がいなくなって、ますます乾いた顔をテレビに向けている母親を見ながら、あたしは自分のことをクッキー一箱で売られた貧農の子供かと思った。

チェルシー・ガールは、だいたい週に三回か四回ライブハウスに出ている。都内とその近郊が通常の活動範囲で、たまに地方にツアーに出かける。小さな会社から年に一回CDを出しているが、あたしが参加したのは二枚目を出した直後だったので、当面はライブが主な仕事だった。時期は一番良かったはずだが、それでも、学校に行きながら仕事をすることがどんなに大変かを、あっという間に思い知らされた。

ライブのある日は、あたしは私服のサンタクロースだった。楽器と衣装と化粧道具を駅のコインロッカーに入れると、学校の鞄が卵ほどの重さに感じられた。授業が終わって駅まで走って行き、荷物を一気に四倍に増やしてライブハウスに辿《たど》り着くと、歩いた道が重さで抉《えぐ》られているのではないかと思われるほどだった。シャツとジーンズでリハーサルをしていると、エミさんは笑いながら指さしていた。

高校に入ってから化粧を始めたあたしは、まだ技術も道具も未熟だった。弦を弾い

て痛みの残る指でもたもたとファンデーションを伸ばしていると、デイジーさんが見かねたように、

「こっち向いてごらん、やってあげるから」

と、顎を指先で摑んだ。

「すいません」

「しょうがないよねえ、高校生だもん。でも、この子きれいな顔してるよ」

デイジーさんが言うと、蛙《かえる》のように目を見開いてマスカラをつけていたエミさんは、鏡を凝視したまま答えた。

「化粧映えするタイプだよね。お母さん、すごい美人だったって川崎さんが言ってたよ」

「あ、じゃあお母さんに似たんだ。よかったね」

「はあ」

「ジュリアのところもさ、ガキがあの子に似ればいいけど、岡部さんに似てたら悲惨だよ。何であんな男のガキなんか産む気になったんだろうね」

皆はそれぞれ鏡に向かって、酒を飲んだり煙草を喫《す》ったりしながら顔を完成させて

いく。その合間にお喋りが加わるところは、学校の更衣室と同じだった。

「岡部さん、性格も良くないからねえ。頭だってたいしたことないし」

「ジュリアには優しいんじゃないの」

「それがそうでもないらしいんだわ。あの子だって、泣いてることの方が多いみたいだよ」

「でもさあ、これぱっかりはどうしようもないからね。どんな奴でも、惚《ほ》れた男は惚れた男なんだし」

「ああ。それは確かに言えるよね」

マスカラをつけ終えたエミさんは、真剣な顔であたしを見た。

「学生、彼氏いるの」

「いまは、いないです」

「よく憶えとくんだよ。どんな奴でも、好きな男は好きな男だよ」

「はい」

その意味はさっぱりわからなかったけれども、新入りの立場として、あたしは神妙な顔で返事をした。煙草の灰や、弦の袋やティッシュペーパーや缶ビールのプルタブが散乱している床と、注意書が書かれた模造紙が剝《は》がれかかっている薄汚い壁で囲まれた狭い楽屋は、埃《ほこり》の匂いに混じって、メンバーの白粉《おしろい》がサーカスのピエロが投げる紙吹雪《かみふぶき》のように舞っていた。

初めてステージに立った時、客との距離のなさにあたしはたじろいだ。客はステージの前まで押し寄せ、あたしの膝の高さで、黒い頭がひしめきながら小刻みに揺れていた。頭があたし達を振り仰ぐと、黒い髪の下に、海底に住む得体の知れない生き物についているような目が現れるのだった。あたしはつい後ずさりをしてベースアンプに背中を貼りつけ、隣りに立っているギターのセシリアさんに肘で前に押し出されたりした。自分が客の時には、ステージの縁で肋骨《ろっこつ》が折れそうなほど踊ることもあるのに、たった数十センチの高さの上にいるだけで、その力に圧倒されてしまうのだった。

人前でベースを弾くことよりも、大騒ぎする客の熱気に疲れて、使い古したスポンジのようになってステージを降りた。ライトに照らされ続けて、顔は出来立てのローストチキンのように光り、ムースを大量につけた髪は乾いて斜めに立ち上がっていた。

「お疲れ」

一番最初に、エミさんがあたしの肩を叩いた。

「度胸あるね。初舞台とは思えないよ」

「そうですか。やっぱり緊張しました」

「上出来だよ」

エミさんは昼から先に笑って、楽屋に戻ると立ったまま煙草を一本喫った。

「学生、煙草喫うの」

「えーと。あの、はい」

あたしはどぎまぎしながら、結局はうなずいた。高校に入ってすぐ、家にいる時と化粧をしている時だけは、酒と煙草は解禁にしようと自分で決めたのだった。

「別に遠慮しなくたっていいよ」

エミさんは壁に寄りかかったまま煙草の箱を差し出し、「どうもすいません」と一本貰うと、腕を伸ばして火を点《つ》けてくれた。エミさんと並んで壁に凭《もた》れ、肺の空気を入れ換えるようにして煙を吐き出した。

「労働の後の一服が、最高だよね」

「はい。どうもお疲れさまでした」

あたし達は正面を向いたまま話し、顔を見合わせると肩を小さく揺すって笑った。

ライブが終わってから、打ち上げで飲み屋に行くと、もう十二時近かった。決して夜に弱い方ではないのだが、ビールをジョッキに半分ほど飲むと、瞬きの回数が一気に普段の倍になった。メンバーは焼きおにぎりやサラダを早いペースで食べながらビールを飲み、エネルギッシュに喋っていた。あたしは隣りのデイジーさんの肩に頭を載せてうたた寝を始め、あっという間に眠りこんでしまった。

ふと目を醒《さ》ますと、デイジーさんに膝枕をさせて長々と寝そべっていた。上半身と下半身に、誰かのジャケットが一枚ずつ丁寧に掛けてあった。あたしは眉毛を押し上げて瞼を開き、不透明なビニールの塊が詰まっているようにぼんやりとした頭を起こした。周りの景色が、水の中のように滲《にじ》んで見えた。

「あ、起きちゃった」

デイジーさんは、小さな子供が昼寝を終えたのに気づいた時のように言った。テーブルの上の皿はほとんど空になっていて、皆は焼酎《しょうちゅう》を飲んでいた。

「いま、何時ですか」

「二時半ちょっと前」

「ああ」

あたしはウーロン茶を貰って一息で飲み、まだ眠っている頭を掌で支えた。硬い床の上で寝ていたせいで、肩と背中の骨が痛かった。

「今日、平日だもんね。学生は学校があるわけだ」

エミさんが思い出したように言った。

「嘘、これで朝っぱらからあんなところに行くの。休んじゃえば」

「今日は初仕事だから、疲れたでしょう。休んだ方がいいわよ」

あたしは頭の中のビニールの塊を吐き出すように溜息をついた。たくさんある積木を取り崩すようにして時間割を思い出し、さほど影響がないとわかったので休んでしまうことに決めた。眠気醒ましに煙草でも喫おうかと思っていると、デイジーさんがあたしの目の下を指で擦った。

「あーあ、お化粧したままで寝たから、バリバリになっちゃってる。落としといた方がいいよ。そういうのが、肌荒れの原因になるんだから」

「クレンジング、持ってないんです」

化粧水や乳液はメイクをする前にも必要なので鞄に入れて来たけれども、家に帰るまで顔はそのままだと思っていたので、落とす道具までは考えつかなかった。デイジーさんは上体を伸ばして自分の大きな鞄を引き寄せると、中から化粧ポーチを取り出した。

「何があるかわかんないから、クレンジングも持ち歩いてた方がいいよ。拭き取るだけでOKっていうのもあるからね」

「すいません」

あたしはデイジーさんの紺色の化粧ポーチを持って、トイレに行った。ひび割れたタイルの床は水浸しで、飲み屋のサンダルで踏むと水がはねる音が小さくした。水垢《みずあか》だらけの洗面台には長い髪が何本も貼りついて、その上の鏡には白い指紋が虫の羽のようにこびりついている。あたしはしばらくそれを見つめて、一人で不愉快に唇を突き出した。

なるべく汚れていない所を選んで借りた化粧ポーチを置き、左手で前髪を束ねて化粧を落とした。黒く長い眉毛と、マスカラを何回も重ねて蝿《はえ》の足のようになった睫毛と、いつもの倍はある太いアイラインを冷たいコットンで落とすと、子供じみた眠そうな目が戻ってきた。

黒や肌色や赤に染まった何枚ものコットンを、置いてある業務用のグリーンピースの缶に捨てると、あたし一人が洗面所を汚したようだった。ソックスを履いた足元から思い出したように冷えてきて、くしゃみを一回した。

飲み屋を出たのはそれからすぐで、マキさんと一緒にタクシーを拾った。外は冷房が効いた部屋のように空気が冷たく、灰色の空は昼間よりも少し地面に近かった。走っているのは緑のランプを点けたタクシーばかりで、乗っているのはたいがい背広を着た中年の男だった。

マキさんは、すぐに運転手に「煙草喫っていいですか」と断り、下を向いて煙草を咥《くわ》えた。彼女は二十三歳で大学二年生で、ジュリアさんの次にあたしと年が近い。そして、あたしだけでなく誰に対しても無口で、音楽以外のことは本当に必要な時しか喋らない。狭い車内で全員が黙りこみ、あたしは居心地が悪くて、白いシートに何度も背中を擦りつけていた。

マキさんは一言も喋らなかったけれど、自分の降りる場所の近くまで来ると、メーターの金額の倍の千円札をあたしの手に渡した。

「あの、これ多いです」

「あんたの家まで、この位はかかるよ」

「でも」

「いいからそれで払っておいて」

「そんなの悪いです」

「まだギャラも貰ってない人に、払わせられないよ。じゃあね、お疲れさま」

マキさんは無表情に言い、竹ひごのような腕で荷物を引きずって降りた。あたしはどうしていいかわからずに、走り出したタクシーの中で彼女の後ろ姿に頭を下げた。

千円札は乾いた感触で、掌を全部占領していた。

家に着いたのは三時半で、まだ冷たい空気には微《かす》かに朝の匂いが混じっていた。あたしは店の洋服掛けのように荷物をいくつもぶら下げて、自分の家の塀に目をやった。学校から帰った時に見る塀より、少し小さいような気がした。

自分の部屋の床に荷物を放り出して、思わず「疲れた」と口に出して言った。朝、学校に行くために家を出てから、二十時間近く経っていた。その間に場所を三回移動して、電車に三回とタクシーに一回乗り、食事と酒を一度ずつ摂った。

中途半端な時間に眠ったせいで、頭だけはすっきりしていた。身体は上から下にいくにつれて力の蓄えが減っていて、足は消えているのではないかと思えるほどだった。

ベッドに蛇のように身体を伸ばして横になると、背中がマットにずっしりと沈んでいくようだった。あたしは、働くということを知った。

初めて仕事をした翌日は休んでしまったけれども、週に三回は必ずあるライブのたびにそうするわけにはいかなかった。二度目からは、きちんと学校に通った。朝早くに勉強道具と仕事の道具を担いで家を出て、学校に行って、仕事をして、少しも軽くならない荷物を肩に喰いこませて夜中に帰った。

あたしは十五歳で、本当に忙しい生活とはどんなものなのかを知った。仕事をしている時は、学生であるからといって負担が減らされるわけではないし、学校にいる時もそうだった。それぞれの時間の中にいる時はいいけれど、宿題やバンドの個人練習のように、自分の時間にやっておかなければならないことが、あたしを困らせた。

あたしは、タコメーターの針をいつもレッドゾーンに入れて走っている車だった。エンジンが、怒りながら回転する音が聞こえていた。そしてレースに参加しているように、ピットインの時間も秒単位で急《せ》かされていた。

ウォークマンで新曲を憶えながら通学し、学校に着くと譜面をチェックした。事務所やライブハウスやスタジオに行く時もイヤフォンを耳に突っ込んだままで、電柱や駐車してある車に何度もぶつかりそうになった。

ライブハウスで、リハーサルから本番まで時間があると、派手な衣装が山積みになった楽屋のテーブルで宿題や予習をした。いきなり教科書や辞書を取り出して、

「ちょっと失礼します」

と言うと、エミさんが驚いて身体を乗り出してきた。

「学生、何を始めるわけ」

「明日、英語があるから予習です」

「ちょっと見せてごらん」

エミさんは煙草を喫いながら片手で教科書を取り上げ、ふんふんとうなずいてから言った。

「やってあげるよ」

「えっ」

「このぐらい、軽いもんだよ。辞書もあるんだろ」

「はい」

「エミは独文だから、英語は完璧に大丈夫だよ」

コーラを飲んでいたデイジーさんが、笑って言った。

「そのかわり、数学と理科はデイジーが見てやるんだよ」

「えーっ、あんまり自信ないなあ」

「だってかわいそうじゃないのよ。この子、勤労学生なんだからね」

エミさんはウイスキーを飲みながら、テーブルに寝そべるようにして英文を全部訳し、注釈までつけてくれた。彼女は語学で有名な大学の独文科を、デイジーさんは国立大学の物理学科を卒業していた。マキさんは私立でもトップクラスの大学の政治学科で、セシリアさんは女子大では三本の指に入る大学の史学科の出身だった。チェルシー・ガールは皆インテリで、あたしはテストの前になるとヤマまでかけて貰った。

メンバーのおかげで勉強はあまりしなくて済むようになったけれども、それでもあたしの睡眠時間はどんどん削り取られていった。蟻が根気よく砂糖の山を崩すように時間が運び去られ、眠る前に夜が明けようとしていることがたびたびあった。あたしはいつでも寝不足で、そのためにどこででも眠れるようになった。地下鉄にほんの二十分ほど乗っただけでもぐっすりと眠りこみ、目が醒めると時計を見ても昼か夜か判断出来ずに、陽の射さないホームでしばらく茫然《ぼうぜん》と立ちつくしていた。今日は何曜日で、自分はどこからどこに移動する途中で、その先で何をするはずだったのか、トイレットペーパーを大急ぎで回転させるように記憶を辿ったりした。

学校にいる時も、それまで以上に浮いた存在になっていた。メンバーと一緒にいる時は、一人だけ選挙権も運転免許も恋人もない子供が、同じ年の中に混じると、皆の一か月分の小遣いを一晩で稼ぐミュージシャンなのだった。皆が何か月かに一度、チケットを取ってうきうきしながら行くライブハウスに、あたしは楽器を担いでジーンズとシャツで「おはようございます」と入って行くのだった。

友達が、昼休みに自動販売機の前で「お金がないから」と言って紙コップのコーヒーを諦めてパック入りのコーヒー牛乳を選ぶ時、そのコーヒー代は煙草一箱よりも安く、あたしの財布には二万円入っていた。

あたしは自然に無口になった。働いていることも、それが皆の憧れている仕事であることも、クラスメイトは知っていた。彼女達は、少し離れた所で輪を作るようにしてあたしに接していた。嫌われているわけではなかったけれども、どのグループにも属さず、一人だった。

月曜日から三日間、埼玉と神奈川と東京の郊外のライブハウスに出て、木曜日の朝にあたしは、何千キロも離れた国から山や谷をいくつも越えて辿り着いた亡命者のようになって学校に行った。その週はまだ一度しか家に帰っていなくて、着ていた黒いトレーナーは、最後の夜に泊めて貰ったセシリアさんが見かねて貸してくれたものだった。

あたしは学校に着くなり机に突っ伏して眠ってしまい、授業が始まっても瞼がようやく半分開いているだけで、頭も身体も心の中も眠っていた。動物園のコアラのように、机に肘をついて顎を支えたまま身動きも出来なかった。

「ユーリ、大丈夫？」

二時間目の休み時間に、入学したての頃に仲の良かった涼子《りょうこ》が、上体を直角に曲げてあたしを覗きこんだ。きれいに梳《す》かれた長い髪の毛がぱらぱらと下りてきて、真珠色の液体を連想させるシャンプーの香りがした。

「みんな心配してるよ。朝御飯、ちゃんと食べてきた？」

「今日、出先から直接来たから」

顔を上げると、涼子のグループの女の子達が窓際からあたしの方を見ていた。何となくおずおずとした視線だったので、掌で顎を支えたまま片方の手を少し振った。彼女達は、テレビにお目当ての歌手が出た時のように両手を力いっぱい振り返した。

「これ、よかったら食べて」

涼子が、持っていた牛乳とクリームパンを机の上に置いた。あたしは思わず涼子を見て、それから窓際の女の子達を振り返った。彼女達は、元気よく笑いながらまた手を振った。

「あたしに?」

「うん」

涼子は両手を背中で組んだ。きれいにアイロンがかかった木綿《もめん》の白いブラウスが太陽の光を吸収して、発光しているように見えた。

「朝買ったから、ちょっと温《ぬる》くなっちゃってるけど。みんなでコーヒー飲みながら、ユーリがもし早く来たら、一緒に飲もうねって言ってたの」

「どうも、ありがとう」

涼子は勢いよく首を振り、皆のいる方に走って行った。あたしは机の上のパンと牛乳をしばらく見ていた。牛乳のパックに触れると、確かに中の液体は、外に冷たさを送る力はなかった。パンと牛乳は朝から涼子達と一緒にいて、皆のお喋りや笑い声を聞いていたのだと思うと、あたしは自分だけが取り残されているのだと感じた。彼女達が朝食を用意してくれたことよりも、そのことの方が大きくのしかかってきて、暗い気持ちにさせた。あたしはふと、何のために働いているのだろうかと考えた。すると、あたしの心は砂まみれの餅《もち》のように伸びて、身体の内側をざらざらと擦った。

それでも、パンと牛乳のおかげであたしの身体はすっかり満ち足りて、三時間目の保健の教師の顔を見るなり寝てしまった。眠気を我慢する暇もなく、まるで川に投げた小石が水に沈んだようだった。

あたしは何度も名前を呼ばれていたらしかった。隣りの男子が遠慮がちに腕に触れ、口を半分開けて彼の方を向くと、ひときわ大きな声で、

「渋沢」

と呼ばれた。坊主頭で柔道部の顧問のその教師は、あたしの寝呆けた顔を猫撫で声で強く捻った。

「眠いんだったら、家に帰って布団で寝たらどうだ」

教室中が、あたしに注目していた。それでも、猫撫で声に捻られた頰を押さえて、やっとここが学校であることを確認したくらいだった。ぼんやりと教壇の上を見ていると、彼は次に、いきなり怒鳴った。

「授業中に寝てるんならな、出てけって言ってるんだよ」

あたしは目を丸くして彼を見た。仕事を始めてから、休んでいいという言葉を初めて聞いた。適切な保護者が現れて、庇ってくれたと思った。彼の怒った顔も不愉快そうな怒鳴り声も、手触りのいい毛布のように感じられた。満腹の上に少し眠って回復したあたしは、上等の毛布に包まれた身体の筋肉が嬉しそうに緩んだのに気をよくして、彼に笑いかけた。

「それじゃあ、お先に失礼します。どうもお疲れさまでした」

あたしはにこにこと笑いながら鞄を肩にかけて教室を出た。身体の大きな柔道部の顧問は、目も鼻も口も同じ形にぽかりと開けたまま、教壇から下りもせずにあたしを見送った。クラスメイトも、あたしだけが舞台の役者で、自分達は何もしてはいけない観客とでも思っているのか、誰も一言も喋らずにあたしを見ていた。

短気で乱暴な柔道部の顧問の授業を堂々とエスケープしたあたしに、次の日皆は拍

手をしてくれた。教室で拍手をされたのに、反射的に頭を下げて素早く、

「サンキュー、どうもありがとう」

と答えていた。頭より先に耳が音を捉え、それに反応して動く人形と同じだった。

普段着の子供達も、まるで客のように映っていた。

「勇気あるよねえ、大福が怒鳴ってるのに余裕で帰っちゃうんだもん」

女の子が、保健の教師の綽名《あだな》を言って感心していた。

「何かいつもと同じ感じで、ちゃんと挨拶して行くところがすごい恰好よかった」

「あの後、大福ってば完全に調子悪かったよね」

「そうそう。一回教壇から落ちそうになったりして。私さ、もうちょっとで吹き出すところだった」

女子が口々に言っているので、一人ずつにうなずきながら丁寧に話を聞いた。が、あたしが座っているのは崖っぷちで、下を見ると洗濯機の中のように波が白く弾けていた。彼女達は崖の向こうの、平らな砂浜にいるのだった。

あたしは仕事場で、大人の男が怒鳴るところなど毎日のように見ているのだった。

あの教師より年上のマネージャーや、頑固なＰＡの人や、一緒に出る他のバンドの男

の人が怒鳴る声は、あの教師の何倍も大きく、重い斧《おの》のようだった。そして大きな声を出さなくても、視線を床から上に向けるだけで周りを竦《すく》ませてしまう、三原さんのような人も知っている。ただ、慣れているだけなのだった。

帰る時に挨拶をするのも、単なる習慣だった。余裕があって言ったわけではなく、仕事場で自分が先に帰る場合の、当然の礼儀だった。

同じ場所で同じ光景を見ている同じ年のクラスメイトなのに、あたしにはもうメンバーよりも遠い存在になっていた。金を払って通う学校より、金を稼ぎに行く仕事に比重がかかるのは当たり前なのに、あたしを含めて誰もそのことに気がつかなかった。あたしは学校にいる時は、外側から石膏で塗り固められたような顔つきをしているようになった。

ジュリアさんは、時々スタジオや事務所やライブハウスに遊びに来る。彼女のお腹は、小さくて形のいい毬《まり》を入れたように見える。相変わらずきれいに化粧をした顔であたしをしげしげと眺めて、彼女は小さく首を傾げた。

「ねえ、この子何か雰囲気変わったわよ。ずいぶん痩せたみたいだし、大丈夫なの」

チェルシー・ガールに入って最初の一か月で、あたしは七キロ痩せていた。食事が不規則で少ない上に睡眠不足で、顎が三角に尖った。そしてほとんど茶色に見える口紅を塗った唇で煙草を斜めに咥えていると、とても高校一年生には見えないと自分でも呆れてしまうのだった。

「ちょっとはかわいそうだと思ったら」

エミさんが、宿題をやってくれながら半分真顔でジュリアさんを睨んだ。

「かわいそうだとは思うけど、出来ちゃったものはしょうがないもんねえ。ユーリ、御飯とかちゃんと食べてるの。女は身体が資本なんだから、気をつけた方がいいわよ」

「はあ」

「何が、出来ちゃったものはしょうがないだよ」

「だって、そうじゃない。代わるわけにはいかないんだしさ。あたしだって色々大変なのよ」

「仕事もしないでブラブラしてる女のどこが大変なわけ」

クーラーのあまり効かない楽屋で、エミさんは氷をグラスの縁まで入れた水割りを飲んでいる。一つしかない埃だらけのソファーには、ジュリアさんとデイジーさんが座っているので、あとのメンバーは会議室にあるようなパイプの椅子に腰かけて、テーブルに肘をついていた。

「だって、お酒飲めないいんだもん」

ジュリアさんがきっぱりと言い切ったので、エミさんはテーブルに突っ伏した。

「あんたねえ」

「あたしは煙草を喫わないからまだいいけどね、エミとかマキとかすごく苦労するわよ。煙草も喫えないしお酒も飲めないんだから。あー、つまんない」

「馬鹿馬鹿しい」

うつむいて一心にギターを弾いていたマキさんが、顔を上げてぼそりと言った。メンバーの中で、煙草の本数が一番多いのはマキさんだった。着替える時と眠っている時以外は、煙が彼女から離れることがないように見える。

「そんなこと言ったたって、マキだっていつかは子供を産むかも知れないじゃない」

ジュリアさんが真剣に言うと、皆が一斉に笑った。

「マキのガキなんかさあ、生まれた時からセーラム咥えてるんじゃないの」

「そうそう。顔とかもマキにそっくりなの」

「でも、マキが子供を産むなんて想像できないよね」

「マキの身体じゃ、割箸ぐらいの子供でないと出てこられないわよ」

「やっぱり、出産向けの体型っていったらデイジーだろうね」

メンバーはそれぞれの子供を想像してしばらく盛んに喋っていたが、やがてデイジーさんがしみじみと言った。

「でもさあ、好きな男のガキだったら、やっぱり欲しいよね」

「ちょっと。岸《きし》さんの子供って言わないところがデイジーだわ」

「マーちゃんのガキって、どうもピンとこないんだもん」

デイジーさんは平然と言って、ジュリアさんのお腹にそっと掌を当てた。

「意外に硬いんだね」

「うん」

デイジーさんの言葉に、皆もソファーの周りに膝をついてジュリアさんのお腹に触れた。思いきり派手な化粧をしたメンバーの赤や黒のマニキュアをした指で身体に触れられても、ジュリアさんは少女雑誌のモデルのように可愛らしい顔つきで笑っている。

「まったく、いいよねえ。こんなに早くから好きな男の子供が産めるんだから。ジュリアなんか、まだ二十一じゃないよ」

「こういう仕事も長いじゃない。何やってるんだろうって、つくづく考えちゃう時ってない？」

「あるある。いくら選んだ道とはいえ、夜通し練習して車転がして帰る時。何が悲しくて、日の出を見ながら運転しなくちゃいけないんだろうと思う」

「まあ好きなことやってるんだから、文句は言えないんだけどさ」

メンバーは揃えたように同時に低く溜息をついた。あたしは、マキさんまでが少し淋しそうに何度か瞬きをしたのを見て驚いた。彼女は恋人はいるらしいけれどもそのことにはあまり触れない。

「何だかんだ言っても、やっぱり羨ましいわけよ」

エミさんは半分投げ捨てるように言って、ずっと黙っていたあたしの方を向いた。

「ユーリは、彼氏いないんだっけ」

「はい」

「前にも言ったけどさ、好きな男といられれば、女はそれでもう十分なんだからね。金持ってないと嫌だとか、車がないと駄目だとか、そういうつまんないことで男を選ぶんじゃないよ」

あたしは黙ったままうなずいた。学校の女の子達よりも、バンドのメンバーの方が古風なことを言うのがよくわからなかった。クラスの女の子が話している結婚の形は、かなり贅沢《ぜいたく》だ。三DK以上の広さの住まいと大衆車でない車と年に一度の海外旅行くらいは、欠かせない条件になっている。いくら好きな相手でも、一緒にいられるだけで十分だとは、誰も言わない。

それに第一、あたしは好きな男の子供などと言われても、そうでない赤ん坊と特別に区別できない。自分が産んだのだから可愛いのは当たり前だろうが、好きな男の子供だという条件に、愛情が左右されるとは思えなかった。

皆は自分の恋人の話やジュリアさんの胎教の話に熱を入れていたが、あたしは一人で、パイプの椅子に座ってごく薄い水割りを飲んでいた。学校にいる時とはまた違う、厚みのある丈夫なビニールのカーテンがメンバーとの間にかかったようだった。彼女達の姿ははっきり見えるけれども、話している声は、透明なカーテンに遮蔽《しゃへい》されて聞き取れない。

　七月に、結成して十年以上経つのに一度も来日していないイギリスのバンドが、初めて「キューリとミカン」でライブを行なった。ミュージシャンや音楽業界の人間に圧倒的に支持されているそのバンドは、大きなホールを嫌っているらしかった。チェルシー・ガールのメンバーも来日前から大騒ぎをしていたが、十五歳のあたしにとっては、雑誌に載っている妙に難解な紹介記事とともに、知識として聴いた程度のものにすぎなかった。エミさんは、

「こういうところが、ジェネレイション・ギャップなわけだよね」

　と変に感心しながら、あたしの分までチケットを頼んでくれた。アマチュアの時なら、さほど興味のないバンドのライブには、招待券でも貰わない限り行くことはなかったけれども、いまとなってはそうも言っていられない。話題になっている新しいバンドを知らないのは仕方のないことでも、玄人《くろうと》受けするバンドや一時代を築いたようなバンドのライブは、出来る限り経験しておかなければならない。チェルシー・ガー

ルは、特にそういうグループだった。

あたしは久し振りに、「キューリとミカン」に客として出かけた。ハンカチとティッシュペーパーとわずかの化粧道具と財布だけを入れた小さな鞄を肩から斜めに下げると、あまりの軽さにスキップをしてしまいそうだった。

一人でライブハウスまで歩きながら、アスファルトの道が意外に広いことを思い出した。学校の帰りに、引っ越し屋が布団袋を運ぶように前屈みになって歩いている道は、狭かった。あたしは人の多さと荷物の重さで思うように前に進めず、唇を真横に結んで眉毛の間に皺を二本寄せ、いつも左の袖だけを捲《まく》り上げて、腕時計を睨みつけながら歩いていた。

自分の身体のパーツの重さだけをコントロールして歩いていると、ライブハウスに出る時は、通ってくる道のりの分もギャラに含まれているのだと確信出来るのだった。

店の前でだらしなく広がって開場を待っている人達は、あたしが見た「キューリとミカン」の客の中で、一番年齢層が高かった。ミュージシャンではないけれども、一目で音楽業界の人間とわかる塊もいくつかあって、彼等はたいていスノッブな犬という感じだった。犬達はあたしに気がつくと「どおも」と、得意そうな抑揚をつけて口だけを動かした。あたしは犬達には鼻息を吹きかけられるように挨拶され、顔見知りの常連には以前と同じように声をかけられ、まったく知らない人達には、小声で、

「チェルシーの、ベースの子」

と暇潰しの種にされていた。そして血液が身体を循環するほどの自然さで、

「こんなかったるいことを、何でノーギャラでやらなくちゃいけないんだよ」

と考え、唖然《あぜん》とした。もうあたしにとって、時間を拘束されるということは、金を貰うことと直結しているのだった。

開場ぎりぎりになってやっと来たメンバーと中に入ると、いつものように三原さんが入口に身体を斜めにして立っていた。コネクションで前売りの殆《ほとん》どがさばけたらしく、帰されている人はいなかった。チケットを差し出すと、三原さんは少し笑った。

「そういうユーリの姿を見るのは、久し振りだな」

「お邪魔します」

あたしは照れて言った。入口に立っている三原さんが、幼馴染みのようにひどく懐かしかった。以前のように、気持ちを引き締めるのとは少し違っていたが、それは帰されるはずはないという安心感でもなくて、厳しい立地条件に建っている城を一緒に

守っている戦友を見ている感じだった。

　三原さんはあたしを見て何か言いかけたが止め、不意に顔の皮膚を鋼鉄にした。気になってフロアに足を一歩踏み入れたまま振り返ると、彼は、

「ユーリは、あまり化粧しない方が似合うな」

と、あたしが聞いたことがない種類の声で申し訳なさそうに言った。軽く小さなふわふわとした洋菓子のような彼の声は、あたしの耳許《みみもと》までやっと届いたと思うと、力尽きてぽとりと肩の上に落ちた。

　通好みのイギリスのバンドのステージは、貫禄と余裕があり、確かに客を十分に魅《ひ》きつける完成されたものだった。テクニックというよりも、楽器の特性を理解して音を出しているのだった。あたしは、同じミュージシャンとして彼等を羨ましいと思った。が、羨ましいという気持ちは、そのバンドのファンでないことも同時に表していた。あたしの身体は、リズムをチェックするために動いていた。

　ライブが終わると、チェルシー・ガールのメンバーは楽屋に押しかけていった。頬を桃色に染めたエミさんが珍しく興奮した口調で、

「ユーリもおいでよ。もうこれで日本には来ないかも知れないんだから」

とあたしを誘ったけれども、断って一人で外に出た。狭い店は客の熱気で熱くなり、強い冷房も酸素までは供給出来なくて息苦しかった。

あたしは外に出ると、少し先の自動販売機でコーラを買った。店の前の駐車場のフェンスの根元に腰を降ろし、コーラを飲みながらあたりをぼんやりと眺めた。駅から歩いて十分ほどの場所のせいか、人通りはあまりない。大きなガードの向こう側は繁華街で、ネオンサインが子供向けのテレビ番組のように忙しく動いていた。

店が入っているビルの前の舗道の街路樹の葉が、地面よりも空に近い高さに感じられるあたりでざわざわと揺れている。そのずっと向こうでは、信号機がドロップのような色で点灯していた。

あたしは足を投げ出して座り、走って行く車のヘッドライトやガードレールや、道に出しっ放しになっている青いゴミバケツをしばらく見ていた。店の周りで立ち話をしていた何組かの客も、ひっそりと少しずつ帰って行った。

頭の中に、清潔な白い砂がいっぱい詰まっていた。それは決して重くなかったけれども、何か考えようとする隙間《すきま》を丁寧に埋めて、目と耳だけを使うように指示していた。頭を軽く動かすとさらさらという音が聞こえるようで、あたしはテレビカメラになって映像と音を捉えていた。

ずいぶん長い時間が経っていたのかも知れない。コーラはとっくに気が抜けて平らな味に変わり、あたしの尻はフェンスの根元の形に抉れていた。メンバーは誰も戻って来なくて、あたしはテレビカメラでいることに退屈し始めていた。何もせずにいられる時間に苛立《いらだ》ってしまうほど、あたしは短気になっていた。

立ち上がって服の砂を払い、肩を後ろに反らした。まっすぐに伸びた誰も使っていないアスファルトの向こうに、丸い人影が見えた。酔っ払いが、道幅いっぱいに蛇行しながら歩いていた。七月だというのに膝下まであるコートを着たその酔っ払いは、身体をほとんど半分に折り曲げて、使い古したモップのように広がった髪の毛を短いリズムで振り立てながら動いていた。黒いビニールで作った不恰好な案山子《かかし》が歩いているようだった。

酔っ払いはあたしの前まで歩いてくると、当然のように立ち止まって顔を上げた。狼の子供と似た顔の、小柄な若い男だった。彼の吐く息からよりも先に、薄い生地の白いコートの肩あたりからアルコールの匂いが届いた。

「お姉さん、きれいだね。いくら」

酔っ払いは覚束《おぼつか》ない発音で言い、九十度に背骨を曲げたまま、ポケットを探って「あ」と口を丸く開けた。

「俺、金ないんだった。いくら何でも五千円じゃ足りないよな」

あたしはかっとなって、間髪を入れずにコートの襟を掴んで酔っ払いの顔を殴った。金で買われるような女に見られたことが、身体中の血液の温度を上げ、流れるスピードを一気に速くした。

「ふざけんじゃねえ」

そう怒鳴ると、若い男は「痛《いて》え」と呟《つぶや》き、瞬きもせずにあたしをじっと見た。殴り返されるかも知れないと思って身構えていたあたしは、思わず身体の力を抜いた。彼はつい笑ってしまうような、子供じみた澄んだ説得力のない目をしていた。

「お姉さん、もしかしたらそういう人じゃないんだ」

「違うよ」

「ごめん。間違えた」

彼は自分の頰を押さえていた手を離し、大きな動作で頭を下げた。

「別に弁解するわけじゃないんだけどさ、このあたりにいる女って、たいていそうなんだよ。だからきれいなお姉さんだなあって思ったから、ついそう言っちゃったんだよな」

「確かに、それはそうだね」

「そうだろ」

ライブが終わっても店の前でいつまでもはしゃいでいるのは、ミュージシャン目当ての女達だ。彼女達は、狙ったメンバーの相手が出来ないと、スカートの裾《すそ》を指でつまんでくるりと一回転し、あっという間に見知らぬ男を相手に金を稼ぐ深夜の労働者になる。バンドについて全国を廻るには、結構な金が必要なのだった。

「だけどさあ」

彼はニヤリと笑ってあたしの方に身を乗り出した。口が大きくて、犬が笑った時に似ていたけれども、多分こういうのがセクシーな笑顔というのだろうと思った。

「あんたのことをきれいだって言ったのは、本当だぜ」

「そりゃありがとう」

「何だよ、信用してないな」

「出来れば素面《しらふ》の奴に言われたいね、そういうことは」

あたしは軽く言い、鼻で笑ってやった。きっとこの男の方が年上なのだろうけれども、もうあたしは、とても十五歳には見られない。彼は不満そうに口を尖らせていたが、フェンスに手をついてあたしの顔を下から見上げた。好き勝手な方向を向いている彼の髪は、乾ききって茶色に見える部分がある。

「飲みに行こうぜ。これで信用するだろ」

「全然関係ないと思うけどな」

「何だよ、疑い深いんだな」

「それに、知らない人についていくとママが心配するし」

「こんな時間にこんな所にいる女が言う台詞《せりふ》かよ。別に、どっかに売り飛ばそうとしてるんじゃないんだぜ。ただ一緒に飲もうって言ってるだけなんだからさ、行こうよ」

「さっき、お金ないって言ってなかった？」

「あ、それは心配しなくていいよ。金がなくても飲める所があるんだ」

あたしは少し笑って「いいよ」と言った。さっきまで、初めて歩いた子供のように心もとない足取りだったこの男が、一回殴られたくらいで目を醒まして元気に口説き始めたのがおかしかった。女を誘うことに何の照れもない様子で、まるでよく陽に干した布団のような雰囲気になったことが、あたしをリラックスさせたのかも知れなかった。彼は駅と反対のほうに歩き始め、途中の酒屋でウイスキーとウォッカを一本ずつ買った。放置したままですっかり忘れていた警戒心が走って来て、背中を拳で強く叩いた。先に酒屋を出て待っていると、彼はビニールの袋をぶら下げて上機嫌でドアを押して出てきた。

「どこで飲むのよ」

「あれ、怖い顔するなよ。美人が台なしだぜ」

あたしの詰《なじ》るような口調にもまったく動じずに、彼は店の前で立ち止まって煙草を咥えて火を点け、手首を柔らかく振ってマッチの火を消すとそれを排水溝に捨てた。慣れた仕草に、あたしはこの男との年齢差がかなりありそうだと感じて少し怯《ひる》んだ。

「あそこにさあ、でかいビルがあるだろ」

男は腕を水平に伸ばして、ずっと先にある高層ビルを指した。

「あの隣りの空き地」

「冗談言わないでよ」

あたしは怒るのを通り越し、呆れてマキさんのように言った。

「何で見ず知らずのあんたと､外でなんか飲まなくちゃいけないのよ。馬鹿馬鹿しい」

「さっきは来るって言ったじゃないかよ。変な女だな」

「行くなんて言ってないよ」

「おい。いいよって言っただろ。来るってことじゃねえのかよ」

「悪いけど、あんたにいちいち偉そうに言われる筋合いはないね。帰る」

あたしが思いきり不機嫌に言うと、彼は、犬に似た顔を不意に桔梗《ききょう》の花が開いたように緩めた。

「まあ待てよ。急いでるわけじゃないんだろ」

酒屋に入ろうとした客がいたので、彼はあたしの肩に手をかけ、自分の方に引き寄せてドアの前を開けた。

「あそこから空を見ると、きれいだぜ。星だってまるっきり見えないわけじゃないしさ、行こうよ」

あたしは反駁《はんばく》出来なくなって黙った。自分より年かさの男が夜空がきれいだと言っているのに、それを無視して帰ると、乾いた生活をしていると白状することだと思った。たとえ知らない相手にでも、自分がピットインする余裕もなく走り続けている車だと言いたくなかった。

そして同時に、空がきれいだと自然な調子で言うこの大人に安心したのかも知れなかった。プロのバンドに入って金を稼ぐ高校生のあたしは、今まで以上にどこにも居場所がなく、家にいても仕事をしていても学校にいても、中途半端な存在だった。担任に向かって「お疲れさまでした」と頭を下げたり、ライブハウスでタイムテーブルが書かれた紙を配られた時に名前と学年とクラスを書いてしまったりするほど、混乱していた。それは想像もしていなかった事態で、十五歳のあたしには過酷な生活だった。

彼があたしを連れて行ったのは、建設業者の看板が立っている、木の柵に囲まれた更地だった。脇の方には、色々な大きさの石が押しやられて集まっている。木の柵をまたいで中に入ると、彼はその石の中から平らで大きい物を選び、ポケットに手を突っ込んだまま、コートの裾で軽く表面を払った。

「座れよ」

「親切なんだね」

「女にはな」

彼は先に腰を降ろし、酒屋のビニールの袋を膝の間に挟んで、あたしの方に顔を向けて笑った。物怖じせず勢いよく並んだ頑丈そうな歯と丸い目は、やはり狼の子供のようだった。

「飲もうぜ」

狼の子供はあたしにウイスキーを渡した。あたし達は瓶の口を握って、

「乾杯」

と底の方をぶつけた。ゴキン、と額の硬い子供がはち合わせしたような重い音がしたので、あたしはおかしくなって小さく笑った。

「何だよ」

「何かちょっと、バカみたいかなと思って」

「バカでも何でも、ここで飲む酒はうまいぜ」

彼はそっけなく言い、瓶に口をつけて上を向いた。酒を飲むためにあるように、喉仏が張り切って動いていた。あたしは言い負かされたようにうなだれ、瓶の口を握ってラベルを見ていた。

「飲まないのか」

「うん。飲むよ」

キャップを撚《ひね》って開けると、働くようになってすっかり聞き慣れた音がした。ウイスキーをそのまま飲んだことがなかったので注意深く瓶を傾け、小匙《こさじ》一杯ほどを口の中に流し入れた。少量の温い液体は、見たこともない新しい凶器のように粘膜を攻撃した。そのまま飲みこんでしまうと、喉の筋肉を全部こそげ取られてしまうような気がして、一口のウイスキーをずっと口の中で温めていた。舌と頬の内側の肉が少しずつ凶器を吸収し、体温と同じくらいに温かくなると、それは緩むように甘く優しい味に変わった。

「おいしい」

「だろ」

彼は満足そうに言い、ウォッカを勢いよく飲んだ。重そうな飾りがたくさんついたブーツの踵が小石を踏みながら前に進み、痩せた脚が斜めに伸びた。

「名前、何ていうんだ」

「ユーリ」

「きれいな名前だな」

「ありがとう」

あたしはこの名前を、気に入っている。数学が好きな父親がつけたのだが、言いやすくて語感もリズムもいい。

「あんたは」

「フジシマ」

あたしは少し驚いて、

「本名？」

と聞き返した。あたしの周りは、ジョニーとかマーシーとかチャーリーとかいう連中ばかりだったので、忘れていた古い記憶をひっくり返して示されたようだった。

「当たり前じゃねえかよ」

「正直なんだね」

「そうだよ、正直者なんだ。ユーリっていうのは、違うのか」

「あたしは、そうだけど」

「じゃ、いちいちびっくりするなよ」

「うん」

　あたしは途惑って、どもりながらうなずいた。仕事で接している男達と同じ種類の人間だと思っていた彼が、普通の人のように振る舞うのを見ると、ひどく恥ずかしい気持ちだった。が、忙しさに抹殺されていたいままでのやり方を、彼が取り出して修復してくれたようにも感じた。

「年、いくつだ」

「二十四」

「そういうことにしとくか」

　フジシマは、あたしの顔に鼻を押しつけて喉の奥で小さく笑った。酒と煙草の匂いと一緒に、ざらついた不精髭《ぶしょうひげ》が頰の皮膚を擦った。

「俺、二十三だぜ。お姉さん」

　あたしはフジシマの顔をよけて、上下の唇を貼り合わせた。間近で見ると、やはり彼の方が顔の造りが落ち着いている。それは、仕草や表情が大人びているよりも確かなことだった。あたしは、短く唸《うな》った。

「本当は、二十一」

「ユーリも正直だな」

あたしは心の中で大笑いをして、思いきり舌を出した。彼が嘘を見抜けなかったことで、いままで押され気味だった力関係を互角に修正したと思った。あたしは安心して、ウイスキーをゆっくりと飲んだ。

「見ろよ、きれいだろ」

フジシマは空を仰ぐと、煙草を口から離して煙を長く吐き出した。煙は捩《ねじ》れながらゆっくりと上がっていき、次第に薄くなって闇の中に溶けた。空は曖昧《あいまい》に黒くて、わざわざ酒を買って見に来るほど価値があるとは思えなかった。それでも、仕事をせずに学校に行って遊んだだけの後に見上げると、気持ちにも身体にも余裕があるせいか、わりに広く、人が眠りやすいようにと神様がかけてくれた上等のカーテンのようだった。

「こうやって見てると、東京もまだ捨てたもんじゃないと思うよ」

「あんた」

「フジシマだよ」

「フジシマって東京の人じゃないね」

生まれて育った人間は、東京のことをそんなふうには言わない。質のよくない氷のように濁った空気も、戦地の死骸《しがい》のようにゴミの山がぶちまけられた道路も、適度にきれいに目に映るし、これほど便利で住みやすい所は他に探せないと思っている。チェルシー・ガールで東京の出身はあたしとマキさんだけで、他のメンバーは、時々思い出したようにこの男が言ったことを呟くのだった。

「よくわかったな、広島なんだけどさ。ユーリはここなのか」

「そうだよ」

「あんまり星とか花とかよく見ないだろ。花っていったら、チューリップと桜と菊ぐらいしか知らないんじゃないのか」

あたしは顔を斜めにして、フジシマを横目で見た。

「ちょっと年が上だからって、いちいち偉そうに言うんだね。説教垂れるために誘ったの、酔っ払いのくせに」

「ユーリこそ、いちいち怒るんだな」

フジシマは真面目な顔で空を見上げたまま、低く安定した声で言った。

「さっき初めて会ったような俺にさ、何を突っかかってるんだよ。もしかして、生活が忙しいんじゃないのか。変に急ぐと疲れるぜ」

あたしははっとした。不意に力が抜けて、手に持っていた大事な食料を落としてしまったようだった。ブレーキングすることしか頭になかったあたしは、シフトダウンすればスピードが落とせると、初対面の酔っ払いに指摘された。

「俺は、ユーリが気に入ったから一緒に飲みたいと思っただけだよ」

あたしは自分の身体の変化に気づいて、両手で顔を覆った。感情の動きよりずっと先に、涙が無遠慮に大きな粒になって次々にこぼれた。あたしの感情は、全速力で勝手に走って行った身体の機能に置き去られ、どうしていいのかわからずに途方に暮れていた。いきなり涙をぼろぼろと落とし始めたあたしに、フジシマは身体ごと振り向いた。

「どうしたんだよ」

「何でも……ない」

酔って熱くなった皮膚の上を、睫毛に触れて潰《つぶ》れた涙が首に向かって意外なほど長く伸びていき、鎖骨のあたりに届く頃にはすっかり冷えて不快な感触になっていた。涙も皮膚も自分のものなのに、お互いに嫌悪しあっているのがたまらなかった。

「黙ったまま泣くなよ。側にいる女に泣かれると、本当にどうしていいのかわかんないんだぜ」

フジシマは腕の中にあたしを収め、また空を眺めながら無愛想に付け加えた。

「何かわけありなんだったら、俺の所に来るか。まあ、ちょっと汚いけどな」

思いがけない言葉に、あたしは短く区切って泣いた。彼の提案は、想像もしていなかった所から差し出された大きな枕だった。あたしはよく確かめもせずにそれに飛びつき、とにかく目を閉じて眠りたかった。その後のことは、目が醒めてから考えればいいと思った。

が、夏休みが始まるまで、一週間待たなくてはならない。制限されるものの多さと、それを壊せない自分の両方に苛立っているあたしは、身動きがとれずに息を呑んで立ちつくしているのだった。

「すぐは行けないけど……あと一週間したら行っていい？」

「一週間したら、本当に来いよ」

フジシマは何も聞かずに、あたしを抱いていない方の手にウォッカの瓶を持ち替えて、さっきまでと同じように飲み続けた。あたしは、彼のコートで涙を拭《ぬぐ》った。

翌日、チェルシー・ガールは横浜《よこはま》で仕事だった。メンバーはまだ昨日の興奮から醒めていなくて、その話は楽屋の天井に跳ねるほどの勢いだった。あれから「キューリとミカン」でパーティーが始まり、朝まで大騒ぎだったとセシリアさんが教えてくれた。

「ユーリを探しに行ったんだけど、いなかったのよね。ずっと待たせてたから、呆れて帰っちゃったんだろうって言ってたんだけど。どっかでずっと待ってた?」

「いえ、すぐ帰りました」

あたしは簡単に答え、エミさんの様子をうかがった。脚を高く組んで煙草を喫っている彼女は確かにいつもより高揚していたけれども、本当に機嫌がいいのかどうか、慎重に観察した。

ライブを終えて着替えている時に、音をたてないようにそっと動いてエミさんの隣りに立った。

「あのう」

「何」

黒いビスチェを脱ぎ終えたエミさんは、布の面積が極端に少ない薄茶色のブラジャーだけであたしを見た。よく手入れされた薄い皮膚の下で肋骨が行儀よく並んでいて、それはあたしとは確かに違う大人の身体だった。

「ちょっと、相談があるんですけど」

「あたしに?」

「はい」

「話すと長いわけ」

あたしが黙ってうなずいたので、エミさんはタンクトップをかぶりながら、

「じゃあ、どこかに行こうか」

と言ってくれ、あたし達はメンバーと別れて一軒のパブに入った。

「お腹空いてない?」

「大丈夫です」

夕食も摂らないまま十時を過ぎていたがそう答えると、エミさんはメニューを見ながら、つくづくと言った。

「ジュリアも言ってたけど、あんた本当にいい面構えになってきたよね。こういう不

規則な生活にも、びくともしないって顔してるよ」

「そうですか」

「まあ、それがいいことか悪いことかはわかんないけどね」

あたしとエミさんは「お疲れさまでした」と、妙に晴れ晴れと言い合ってグラスを合わせ、しばらく黙って水割りを飲んだ。エミさんがプロのミュージシャンとして活動を始めたのは二十歳の時だから、もう丸四年になる。その間にチェルシー・ガールは二度のメンバー・チェンジがあり、あたしが三回目だった。

「エミさん」

「何」

「あたしがこんなことを言ったら生意気かも知れないですけど、ミュージシャンって、仕事も私生活も大変じゃないですか、いろいろと。そういう中で、エミさんの楽しみって何ですか」

片手で顎を支えて煙草を喫っていた彼女は、目を伏せて少し笑った。赤い口紅を塗った唇が音もなく動いて規則正しく並んだ象牙色の歯が現れた。

「それが相談なわけ」

「違いますけど、ちょっと聞いてみたくなって」

「高校生のくせに、醒めた目で観察してるね」

確かに化粧は濃いけれども、エミさんの目は、それだけが理由ではない大きな力を持っている。頭とは別に、黒い瞳に考える機能が与えられているのだとあたしは思う。

「ちょっと真面目になるけど、やっぱりステージで思い通りに歌えれば嬉しいし、曲が書けた時なんかも、これで明日死んでもいいっていうくらいいい気分だよね」

「結局、仕事が生きがいってことなんですか」

「それだけじゃないけど、それは大きいよ。好きでないとやっていけない仕事だしね。後はまあ、あれだね」

「何ですか」

「男。精神的にも、そうでない場合も」

あまりあっさりと付け加えるのでかえって笑ったり出来ずに、あたしは思わず深く溜息をついてしまった。あたしもいままで男の子と付き合ったことは何回かあるし、処女でもなかったのだけれども、エミさんや他のメンバーの男に対する感覚はいまー歩よくわからない。

「いやに深刻な顔してるけど、もしかしたら相談って男のこと?」

「男のことっていうか……まあ、そうなんですけど、でも、ちょっと違います」

あたしはフジシマのことを話した。冷静になって考え直してみても、やはり彼の所に行きたいのだった。彼は居心地のいい雲で、その上で眠れば雨も雪も風からも遮蔽されるような気がする。けれども、それがメンバーのいつも言っている「好きな男」の証拠なのかはわからない。

「それで、とりあえずもうすぐ夏休みだからタイミングとしてはちょうどいいんですけど、親にはいちおう、エミさんの所に、泊まるってことに、したいと思ったんです」

あたしは口ごもりながら言った。一晩考えて、やはりエミさんに頼むのが一番いいと思ったのだ。年が近いのはマキさんだが、無口な彼女には何となく頼みにくい。反対に一番年上のセシリアさんに頼むことも考えたが、彼女のマンションよりあたしの家の方が都心に近いので、いくら何でも不自然だった。エミさんとはわりによく喋っているし、いままでにもちょっとしたことであれこれと気を遣って貰っている。

「まあ昨今のガキはませてるっていうか、いい度胸してるわけだ」

エミさんはおかしそうに笑った。あたしの身体を切り開いて、筋肉を見ているような笑い方だった。

「いいけど、いちおう連絡先だけは教えといてよ。もしもユーリのお母さんから電話がかかってきたりしたら、ヤバいからね」

「それはないと思いますけど」

「学生、こういうところをきちんとやっておくのとおかないのとでは大違いなんだよ。たいていは、つまんないことからバレちゃうもんなんだからね」

エミさんの手際のよさにすっかり感心していると、スーツ姿の若い男の二人連れが、あたし達の横に立った。二人とも、肌の色が白く、どことなく運動の苦手そうな印象で、ただ背だけが高かった。一人が、エミさんに尋ねた。

「チェルシーの、エミさんですか」

「はい」

「あの、僕達ファンなんです。さっき『月光』で観てたんですけど、握手して貰えませんか」

彼等が、仕事をしたライブハウスの名前を言ったので、エミさんは「いいですよ」と答えて指輪をいくつもした手を差し出した。二人は嬉しそうにエミさんの手を握って少し振った後、あたしの方を向いた。あたしはまさか自分が握手を求められているとは思わなかったので、黙ったまま彼等が何か言うのかと待っていた。

「ちょっと、ユーリ」

「何ですか」

「何ですかじゃないよ。ちゃんと握手してあげなくちゃ」

「あたし？」

思わず自分の鼻を指すと、若い男達は熱心にうなずいた。

「ごめんね。この子、まだ入ったばっかりで慣れてないのよ」

エミさんが慌てて謝っていた。あたしはそっと手を出した。ベースを弾いているあたしの手は大きいけれども、スーツを着た男の手は悠々とそれを包み、余っている指や掌で空気を集めていた。

「ジュリアさんもよかったけど、あなたのベースもチェルシーにすごく合ってると思うよ」

彼はあたしの目をまっすぐに見て、丁寧に言った。心臓の動く音が喉許まで上がってきて、そこでつかえたので言葉を外に押し出すことが出来なくなった。初対面の相手にファンだと言われていきなり好意を示されても、どう対応していいのかわからなかった。

「あの、どうも」

「頑張って下さい」

「はい」

あたしが一語文しか持たない旧式のロボットのように硬くなっていると、彼等はエミさんに向かって「何か飲物を御馳走させて下さい」と言っていた。あたしは頭の中で両手をせわしなく振って断ったが、エミさんは何でもなさそうに、

「どうもありがとう。じゃあ水割りを」

と平気で頼んだ。あたしが目を丸くして鳩《はと》のように彼等を見比べていると、彼女はやれやれというふうに片方の肩をすくめて、

「悪いけど、この子も同じ物にしてくれる。どうも御馳走さまね」

と彼等に笑顔を向けた。二人はエミさんと少し話をしてから自分達のテーブルに戻り、やがてウエイターが水割りを二つ運んで来た。エミさんは彼等の方にグラスを軽く上げて見せてから、おいしそうにそれを飲んだ。あたしは鼓動の塊を押し下げよう

と、喉と胸を何度も掌でさすった。

「ユーリも飲みな。ファンからのプレゼントなんだから」

「こういうこと、よくあるんですか」

「たまにね」

「何か、すごく恥ずかしいですね」

「下着売り場でパンツを選んでる時に、でかい声で名前を呼ばれるよりはいいよ」

「そうですか」

あたしは二人連れに向かって頭を下げ、水割りを飲みながらフジシマを思い出していた。もしも彼があたしのことをバンドマンだと知っていたから誘ったのだったとしたら、ついて行ったりしなかった気がする。商売女と間違えられはしたけれども、何も知らないまま親切にしてくれたのだった。だから彼のことを怪しんだりせずに、教会のボランティアか何かのように思ったのだった。あたしは枯れた春菊のようなフジシマの姿を、好ましく思い出していた。

終業式の帰り際、クラスの男子四人に呼び止められた。その日は仕事も練習もなく、フジシマの所に行く用事しかなかったので、あたしの動作は無意識のうちにゆっくりになっていた。時間と金の間を仕事が連結している日には、靴の紐《ひも》を結ぶ時でさえ息をするのも後回しにするほど急いでいるのだった。

「おまえ、チェルシー・ガールでベースをやってるだろ」

「よく知ってるね」

「何でメンバーになれたんだよ」

あたしはクラスメイトの名前は特別に目立つ子くらいしか憶えていない。彼等は、髪形や着ている物は一所懸命なのだが、表情や動作にはこれといった個性はなく、顔さえ見憶えがないほどだった。が、わざわざ話しかけてきたのだから何か用事があるのだろうと、持っていた鞄を机の上に置いて答えた。

「オーディションにパスしたから」

「嘘だろ。コネか何かあったんじゃないのかよ」

「別に」

デザイナーズブランドのロゴの入ったTシャツを着た男の子が、苛々してくしゃみをする時のような顔つきで言った。

「何でド素人《しろうと》がいきなりオーディションに受かって、ライブハウスに出られたりするんだよ。自分達でバンドを組んで、必死で練習してる奴だっているんだぞ」

「女はいいよな、下手《へた》でも何でも顔が可愛けりゃ目立ってプロになれるんだからさ。キャリアもテクニックもいらないんだよな」

あたしは鞄の把手《とって》に両手をかけたまま、髪の毛をきれいにセットした目の前の男の子達を見ていた。彼等がバンドを組んでいるアマチュアらしいことが、やっと推測された。けれどもあたしは、ただ彼等を眺めているだけだった。対象を捉える目につながっている配線が切れてしまっていて、行動をする指示が脳から送られてこないのだった。

「おまえなんか運がいいだけだろ。俺達は、学校が終わってから、寝るまで練習してるんだからな」

あたしは寝る暇さえない、と言いかけて止め、長い溜息をついた。身体の中の余分な力が排気され、配線はようやく正常に作動し始めた。

「用事じゃないんだったら、あたしは帰るよ」

「用事がなければ、話しかけちゃいけないのかよ。すっかり芸能人気取りだな」

あたしは口紅を塗っていない唇を固く貼り合わせて彼等を押しのけ、教室を出ると昇降口まで走った。上履きがタイルの床に打ちつけられて、痛そうな音で抗議していた。下駄箱のあたりにはまだ皆が残っていて、はしゃぎながら海や高原に行く最後の打ち合わせをしていた。

上履きを鷲掴《わしづか》みにして鞄に突っ込み、学校を飛び出して坂道を途中まで走った。頭の上で、元気のいい子供のような白い太陽が、くまなく地面を照らしている。プールからは水の音と生徒達の歓声が聞こえてきて、あたしの背中を殴りつけた。

息を切らせながらハンカチで額の汗を押さえ、残りの坂道をだらだらと歩いた。マネージャーから極力日に焼けないようにと言われていたので、学校に行く時でもコットンの長袖のシャツを着て、薄手のジーンズを穿いていた。周りの同じ年頃の女の子はたいてい半袖で、その短い袖すらも捲り上げていたりする。よく焼けた腕や脚を健康な蜘蛛《くも》のように伸ばした彼女達から隠れるように、道の端を一人で歩いた。

確かにあたしは、運がいいのかも知れなかった。けれども、それが運んでくるさまざまのことにも負けないでいるためには、途方もない努力が必要なのだった。目立つ仕事は、運だけでやっていけると思われるのは仕方のないことだと考えて、思わず足を止めた。

それは、子供にはわからないはずのことだ。あたしの身体と頭と心は、子供の部分と成人した部分が、鋏《はさみ》で切り開いたようにくっきりと分かれていて、その切り口は少し触れただけでずきずきした痛みを生むのだった。

涙が、流れない代わりに胸の骨の内側に溜《た》まって、あふれそうに波打っていた。それが骨に当たって、本当に胸が痛くなった。

家に着くと中学生の弟はもう帰っていて、母親と二人で冷麦《ひやむぎ》を食べていた。テーブルの下に、喰い散らかしたキャットフードが動物園の檻《おり》の中の糞のように皿に残されていて、相変わらず服を着た猫は、クーラーの風がよく当たる場所でさも偉そうに寝そべっている。動物のくせに無防備な姿を平気でさらしているこの猫を見ると、あたしは無性に腹が立って蹴りたくなる。

母親はあたしの姿を見ると冷麦を頬張ったまま立ち上がり、器と水の入ったコップを出してテーブルに載せた。「いただきます」と言うと、彼女達は突然黙りこみ、さほど意味があるとも思えない目配せを交わした。

「明日から夏休みだから、ちょっとバンドの人の所に泊めて貰うことにした」

「どうして」

母親でなく、弟が尋ねた。

「仕事だから」

「別に人の家に泊まらなくても、うちから行けばいいんじゃないの」

弟はアヒルのような顔で言った。この男は金を稼いだことも夜遅くまで遊んだことも自分の身体を使って女に快楽を与えたこともないのに、頭のよさがすべてを破壊できる武器だと思っている。そして、年が上だというだけで自分を見下す女が身近にいることに我慢が出来ないのだ。

「あんたに関係ないのにいちいち説明してあげるけどね、家よりその人の所の方が便利なの。毎日夜中に帰って来て、あたしは疲れてるの。学校が休みの時くらい、楽したいのよ。わかった、坊や」

「もっともらしいことを言ってるけど、うちにいて僕やお母さんに文句を言われるのが嫌なだけなんじゃないの」

弟が鼻で笑ったので、あたしは顎を斜めに上げて彼を見おろした。

「だったら何だよ。てめえみたいなガキに文句言われてあたしがビビるとでも思ってるのかよ。いい気になってんじゃねえ」

帰り際に捕まってしまったクラスの男の子達に言えなかったことが、身体の中でガスチャージされて思いきり加速しながら外に出た。いままで弟に対してあからさまに怒ったことがなかったので、彼は正直に動揺して眉毛と唇の端を同時に下げた。それを見た母親が箸を置き、化粧品屋の店員のような表情をあたしに向けた。

「文隆《ふみたか》にそういう言い方をするのは、止めて。この子はあんたが関わっているような世界とは、違うところにいるんだから」

「それはどうも、失礼しました」

「行くのは構わないけど、どのくらい行ってるの。まさか、夏休み中とか言うんじゃないでしょうね」

「まだわからないけど、一週間かそんなもんじゃないかな。ちゃんと決まったら連絡する。着替えとか取りに帰ることもあるだろうし」

「八月になったらお父さんが帰って来るんだから、その時は家にいなさいよ」

父親のことはすっかり忘れていたが、この前に日本に戻って来たのは四月の終わりだ。四か月振りというのはいつもの間隔だし、去年も夏休みに戻って来た。彼に会えるのなら、家にいたいと思った。

「じゃあ、とりあえず電話番号は書いていくから。ヴォーカルの松浦《まつうら》さんっていう人。あと、事務所の電話は知ってるよね」

母親は興味なさそうにうなずき、また冷麦を食べ始めた。器に盛ってある冷麦の量は、母親と弟が食べるにしては多く、あたししか使わない薬味の生姜《しょうが》が小さな皿に入って横に置いてあった。

少しの着替えとその三倍以上の衣装を詰めた二つの鞄と、化粧道具を入れた釣り道具箱と楽器を担いで待ち合わせた場所に行くと、フジシマは、珍しそうにあたしを見て、鞄を二つとも持ってくれた。

「ユーリは、ミュージシャンなのか」

「うん。まあ、素人みたいなもんだけどね」

「じゃあ、この間は『キューーリ』に出てたんだ」

「あの日は客で行ったんだけど、あの店、知ってるの」

普通の客は、店の名前をそうは縮めない。「キューーリとミカン」には「キューーリとトマト」と「キューリとハッカ」という支店がある。客達はだから「ミカン」とか「トマト」とか「ハッカ」とか呼んでいるのだけれども、店の関係者は本店だけを「キューリ」と言い、あとは「赤キュー」、「水キュー」とそれぞれ呼んでいるのだ。フジシマは、アクセントまで正確な場所に置いて発音した。

「ちょっと前だけど、カウンターやってたんだよ。半年かそれくらい。あそこは、一年はいなかったな」

「全然知らなかった。あたし、二年くらい前から客で行ってるよ。結構通ったけどな」

カウンターの向こうでビールを注いだりポップコーンを出したりしていた男達を一人ずつ思い出していったが、フジシマらしい人間はいなかった。歩きながら地面に視線を落として口の中でぶつぶつ言っていると、彼は楽しそうにあたしの肩を抱いて笑った。

「俺がいたのは、三年以上前。東京に出てきてわりとすぐの頃」

「そうか。じゃあエミさん達も出てなかったかも知れないね」

「女なんか、いなかったよ。客だってほとんど男だったしさ。よくわかんねえけど、硬派な店だったな」

彼は、フジシマ・ダイナマイトというオリジナルのカクテルの話をしながら歩いた。フジシマの腕とあたしの腕がぴったりと貼りついて、彼の汗があたしのシャツに住み替えた。ピアノの一番高い音が匂いを持っているとしたら、きっとこんな種類のものだろうとあたしは思った。

「じゃあ、三原さん知ってる」

「あの人、酒飲めないだろ。カルピスとヨーグルトと混ぜたやつ、ドリンクMっていうんだぜ」

あたしが喘《あえ》ぎながら引きずるようにして運んできた鞄を、彼は指に引っかけて平気で背負っている。身長はあまり変わらないけれども、神様が彼の身体を作った時の材料が違うのか、フジシマの方がずっと頑丈に出来上がっていた。

フジシマのアパートは、「キューリとミカン」から北に十分くらい歩いた所にあった。向かいには、入口に大きな杉の木が二本生えた神社があり、隣りは高い塀がずっと続く古い家だった。立ち止まって杉の木を見上げていると、フジシマは乱暴にあたしの腕を引っ張った。

「早く入れよ、暑いだろ」

「うん」

アパートは壁や階段のあちこちが剝げ、一階の廊下には、ジュースの缶やスーパーマーケットのビニールの袋や郵便受けからはみ出したチラシが、定規を立てて高さを測れるほど積もっている。それらを踏みながら一番奥まで行き、フジシマは雨の跡がたくさんこびりついているドアを開けた。

「入れよ」

「お邪魔します」

部屋とほとんど同じ高さの狭い入口には、汚れたスニーカーやブーツが脱ぎ散らかしてあり、彼は慣れた動作でそれを脇に蹴った。

あたしは部屋の隅にベースを立てかけ、その前に化粧道具箱を置いて首をぐるぐると廻した。背中に近い首の根元から木を折るような音がして、台所にいたフジシマが振り返った。

「来るなり変な音させるなよ」

「ごめん。癖なんだ」

「暑いからさ、とりあえずビール飲もうぜ」

　彼が缶ビールを二本持って戻って来たので、あたしもテーブルの前に座った。部屋にはテーブルとテレビと小さなCDラジカセと電話くらいしかなく、窓から見える庭に、ウイスキーやウォッカやラムの瓶が何本も捨ててあった。

「本当に汚いね」

「きれいな顔して、きついことを言うんだな」

「別にそれが悪いとは言ってないよ」

　フジシマは笑い「乾杯」と缶ビールを合わせた。この男は笑うと動物に似ていると、あたしはビールを飲みながらフジシマを見た。初めて会った時は犬に似ていたけれども、今日は鰐《わに》だった。

「こないださあ」

　ビールをあっという間に飲み終えた鰐は、さほど力を入れるふうもなく缶を握り潰して庭に放り投げ、ワインを持ってきた。

「『キューリ』の前で、追っかけのお姉ちゃんと間違えたって言っただろ」

「ああ」

「あれ、嘘だよ」

フジシマはテーブルに肘をつき、口を逆三角形に開けてあたしを見た。あまり白くない手入れのよくない歯が奥まで全部見えて、あたしはこの男はやはり鰐だと思った。

「追っかけのお姉ちゃん達は、もっと着飾ってるんだよな。化粧だって濃いしさ。だから違うとは思ったんだけど、俺、ああいう所にいる女しか相手にしたことがなかったから、何て声をかけていいかわかんなかったんだよ」

「ふうん」

あたしが頬杖をついてビールを飲んでいると、鰐は気分を害したように少しこもった声になった。

「聞いてるのかよ」

「聞いてるけど、だから何」

「やな女だな」

フジシマはワインをらっぱ飲みして、灰皿をあたしの方に手で押した。

「だから、金を払えばすぐにやらせてくれそうだからって誘ったんじゃないんだぜ。きれいな子だなあと思ったから、声をかけたんだ。それを言っておきたかっただけだよ」

「それは御丁寧に、どうもありがとう」

「このガキ、なめてんな」

フジシマは煙草を咥えたままあたしの頰をつねり、眩《まぶ》しそうに目を細めた。顔の筋肉がわずかに緩み、初めて果物を食べた鰐はきっとこんな顔をするのだろうと、あたしは思った。

鰐の身体は、硬かった。あたしは男の身体の硬さと手足の長さを、初めて認識した。勿論あたしは、処女ではない。高校に合格した時、父親はシンガポールにいて、母親も親戚もお祝いをくれなかったので、「キューリとミカン」ではないライブハウスに出ていた、あまり有名でないバンドのギターの男の子と寝た。そしてこれからは、嫌いでない男とならそうしてもいいことにしようと決め、それを合格祝いの代わりにした。

けれども、長い腕に抱かれてじっとしていると、身体の中でウッドベースが静かに二分音符を鳴らし始めるような心地よさは、いままでに味わったことがなかった。その時、頭の中には質のいい羽毛がいっぱい詰まっているようで、あたしは身体と頭と心が別々の快楽を貪《むさぼ》る機能を持っているのを知った。

あたしとフジシマは、横になったままでまた缶ビールを飲んだ。汗が載っているフジシマの鎖骨の窪みを舐《な》めると、思いのほか滑らかな感触で、少し苦かった。あたしはフジシマの骨を嚙んだ。フジシマは「痛《いて》え」と肩を上げ、それから満腹の赤ん坊のように目を閉じて微笑み、あたしの頭に手を置いた。

それからは、あたし達は明け方まで酒を飲み、昼過ぎに起きた。熱を持った布団の上で目を醒ますと、たいてい二人とも汗をかいていた。遠くの方で、蟬の鳴き声が長距離列車の発車のベルのように聞こえていた。フジシマはコーラを飲み、あたしはミネラルウォーターを買って冷やしておき、それを飲んだ。午後から仕事や練習に行くと、フジシマは「俺も、後でちょっと出かける」と言ったが、夜中に戻るともう帰っていた。あたしに仕事がない時は、彼も平気な顔でずっと外に出なかった。

仕事の帰りにコンビニエンスストアでパンやおにぎりを二人分買って帰ると、フジシマは怪訝《けげん》そうにあたしを見上げた。

「どうしたんだよ、これ」

「そこでタクシー降りて、買ってきた」

あたしはアパートから歩いて三分ほどの所にある店の名前を言った。

「腹減ってるのか」

「うん、ちょっとね」

テーブルに置いた食べ物を見て思わず溜息をつくと、彼は隣りに来て緑茶の入った缶の蓋《ふた》を開けてくれた。

「ありがとう」

「飯の用意くらいしといてやるから、ここまで乗って来いよ。荷物だって重いんだろ」

「うん」

あたしがおにぎりを食べ始めたので、彼は吸殻が縁まで押しこんである灰皿を、自分の方に引き寄せた。

「そういえば、フジシマって何してるの」

「何って」

フジシマはことさらにフラットに言い、横を向いて煙草の煙を吐き出した。

「仕事。どこかの店で、バーテンとかしてるの」

「あれは二十一の時に辞めた」

「じゃあ、いまは」

「いまは色々だよ」

「色々って、何」

「色々は色々だよ、いろんなことさ。でもまあ、強いて言えば、貧乏してるな」

それ以上言わなかったので、あたしは缶に入った緑茶を飲み、

「そうか、貧乏してるんだ。でも、別に悪いことじゃないよね」

と答え、彼の耳を唇で挟んで引っ張った。産毛が乾いた匂いと一緒に、口の中で一斉に動いた。


フジシマのアパートで暮らし始めて四日目のことだった。渋谷のライブハウスで、仕事を終えて帰り仕度をしているあたしの背中を、エミさんが突ついた。

「どう」

「どうって、何がですか」

「また。しらばっくれてるんじゃないよ」

エミさんに言われて、あたしはやっと「ああ」とうなずいた。

「あの、まあ何とか」

「まあ何とか、かあ。すっかり大人の台詞だね」

「そんなこと、ないですよ」

着替えを済ませて荷物を片付け、メンバーはいつものように楽屋でビールを飲んだり煙草を喫ったりして一休みしている。テーブルの上には足跡のついた白い紙やピックや電池が、収集車が行ってしまった後のゴミ集積所のように散らばっている。

「やっぱり、男と暮らすっていいだろ」

エミさんはあたしの耳に顔を寄せて小声で言ったのだが、隣りにいたデイジーさんが素早く聞きつけて大きな声を出した。

「ユーリ、男と暮らしてるのお」

うつむいて煙草を咥えていたマキさんと、ウーロン茶を飲んでいたセシリアさんが、勢いよく顔を上げてあたしを見た。三人は一瞬黙り、それから一斉に、

「えーっ」

と長く伸ばして叫んだ。

「デイジー、あんた声がでかいよ」

「だって、でかくもなるわよ。ちょっとユーリ、本当に男と住んでるの」

「あの、住んでるっていうか、ちょっと泊めて貰ってるっていう感じなんです」

「でも、この子自宅だよね。家出しちゃったの？」

デイジーさんは、あたしでなくエミさんに尋ねた。

「人のことだと思って、滅茶苦茶言ってない？　学校が休みだから、親に嘘ついて男の所にいるわけ」

「信じられない。いまの時代って、高一でそういうことするんだ。あたしなんか、いまだに家にいるんだよ」

「岸さんの所に、しょっちゅう泊まってるじゃないよ」

「家が遠いんだもん。それにしても驚いた」

デイジーさんは、エミさんの缶ビールを一口飲み、やっと一息ついたというふうにつくづくとあたしを見た。あたしは皆の表情を順番にうかがい、最後に助けを求めるようにエミさんを見た。エミさんは吹き出し、パイプの椅子の背に肘をついた。

「何て顔してるんだよ。悪いことをしてるわけじゃないんだし、ガキのくせに男と暮らしてるんだから、堂々としてていいんだよ」

「そうだよ。男のことで親につく嘘は、嘘のうちに入んないんだもんね」

デイジーさんは大きな口を開けて笑い、皆も何か思い出したようにくすくすと笑った。あたしは一緒になって笑うわけにもいかず、誰かが何かを聞いてくれるのを待っていた。

「ねえ、ユーリの彼氏の話って聞いたことがなかったけど、どういう人なの」

セシリアさんが、穏やかな優しい声で聞いた。よく磨かれた金属のパイプのような彼女の声が耳に静かに届くと、あたしは重心が安定して居心地がよくなる。

「彼氏っていうか、あの、知り合ったのは最近なんですけど」

「最近知り合って、すぐ一緒に住んじゃうの。本当に近頃の高校生って、いい根性してるよねえ」

「デイジーはちょっと黙っててよ。話が進まないじゃない」

セシリアさんはふと目を見開いてあたしを見ると、白くて細長い手を伸ばして、髪の毛に絡まっていた糸くずを取ってくれた。

「彼の所にいるっていうことは、彼氏は一人暮らしなの」

「そうです」

「学生さん？」

ごく当然のように聞かれて、あたしは途惑いながら首を振った。フジシマが大人なのは知っていたけれども、彼との間に、大学生という期間を挟んで八年もの隔たりがあることは、すっかり忘れていた。

「働いてる相手なんて、ますます驚きだね」

「そういえば、仕事は何なの。まさかミュージシャンなんかじゃないだろうね」

「悪かったね」

マキさんがにこりともせずに言った。彼女の恋人は、チェルシー・ガールよりもずっと音が大きくて、男のファンがほとんどを占めているバンドのギタリストだ。あたしも何度かステージを観たりお互いの楽屋で会ったりしているが、彼は極端に痩せていて無口で顔色が悪く、マキさんと双子のように似ている。

「それが、何をやってるのかは、わかんないんです」

「へえ」

「聞いたんですけど教えてくれないから、あんまりしつこく聞いても悪いかなと思って。でも、前に『キューリ』でカウンターにいたって」

「うわあ。そりゃろくな男じゃないよ」

デイジーさんがきっぱりと言い、他のメンバーも口を半開きにしたまま、顔を見合わせて同意した。

「そう、ですか」

「だいたい、ライブハウスのカウンターなんて、要するにボーヤみたいなもんじゃない。所詮は水商売なんだしさ」

「それでいま何で食べてるか言わないんじゃ、まあろくなことはしてないね」

「働いてる様子がないんだったら、よっぽど金持ちか、どうしようもない貧乏かだよ」

「貧乏だって、言ってました」

あたしは次第にうなだれていった。男に関することなら、何でも知っているこの年上の女達の判断に正直に動揺し、漠然としたわりには確かな不安が、あたしの顔を内側からがりがりと削った。黙りこんで下を向いていると、デイジーさんは、

「話に聞くと最低だけどさあ」

と、のんびりとしたリズムで言った。

「ユーリがそいつを好きなら、それでいいんじゃないの。ろくでもない男だからいけな

いっていうわけでもないんだし」

「そうそう。好きになる時に、いい奴か悪い奴かって考えてから好きになったりはしないわよね。どんな相手でも、好きな男は好きな男よ」

あたしは、おどおどと皆を見上げた。

「そういうものですか」

「そういうものだよ」

エミさんが言い、皆はリラックスした様子でうなずいていた。マキさんはいつもとあまり変わらない表情だったが、あたしと目が合うと、親指を立てて突き出した。

「そうかあ、やっぱり男が出来てたんだ。何か最近のユーリって妙に落ち着いてると思ったのよ」

セシリアさんは、真赤な口紅を塗ったエミさんより大きな口でにっこりと笑った。

「落ち着いてるって、どういうふうなことですか」

「うまく言えないけど、どこか余裕があるのよね、男が出来た女って。極端な話、ユーリなんか高校に行きながらチェルシーでベース弾いてて、もう日々を過ごすだけで精一杯じゃない」

「はい」

「それが、何か余裕を感じさせる時があるの」

あたしは首を傾げた。フジシマと出会ったのが夏休み前で、授業も短縮になって比較的暇で、身体が楽だったせいだろうかと思ったりした。そう答えると、皆は口を揃えて、

「違う」

と反論した。

「要するに、気持ちの問題だよね」

「彼氏がいるといないじゃ、精神的に全然違うのよね」

「この子を見てると、昔の自分を思い出しちゃうよ。男に一所懸命で」

「エミはいまでも一所懸命でしょうが」

「だめだめ。朝五時に起きて二段重ねの弁当なんか、もう死んだって作れないよ」

店を出た途端、あたしは皆に頭や腕や背中をこづき廻され、小学校の運動会のような騒ぎで近くの居酒屋に連れて行かれた。そして、フジシマと暮らしている様子や、彼と初めて会った時のことを話した。

メンバーは興味深そうにあたしの話を聞いていた。自分のことを積極的に喋るのは初めてで、それが男に関することなのには自分でも呆れてしまったけれども、大人の彼女達と同じ立場で会話ができたことは嬉しかった。

いままではあたし一人が岸に取り残され、彼女達は少し離れて船に乗っていたのだった。ほんの少しの風や波の音や船の向きで彼女達の声は聞き取れなくなり、あたしはそのたびに、洞窟《どうくつ》のような自分の耳の穴の存在がはっきり感じられるほど音に神経を集中させたり、声を張り上げたり、諦めて黙りこんだりしていた。

あたしは焼酎をいつもの倍くらい飲んだが、喋る量がその何倍もあったのでひどく酔うこともなく、お祭りで大騒ぎをしたような気分でフジシマのアパートに帰った。彼に言われた通りにアパートの前でタクシーを降り、時計を見ると三時を少し過ぎていた。

フジシマは、テーブルを前にしてうつ伏せに寝ていた。楽器と荷物を置いて彼の横にしゃがみ「ただいま」と言おうとして思わず息を呑んだ。彼は、赤い下等動物が潜りこんだように腫《は》れ上がった顔に缶コーラを押しつけ、枯草のような声で唸っていた。

「どうしたの！」

あたしは床に顔を擦りつけて彼を覗きこんだ。よく見ると、肩と肘と膝に砂が撒《ま》かれたように付着していた。フジシマは少し力をこめて低く唸り、寝そべったまま顔を上げた。

「おかえり」

「どうしたの」

「どうもしないよ」

「どうもしないわけないじゃない」

フジシマは答えず、片腕を上げてテーブルを指した。掌に斜めにすり傷があり、血が乾いて沈んだ色でこびりついている。

「飯あるから、食えよ」

「それより、どうしたのよ。喧嘩したの」

「違うけどさ、何でもないよ」

コーラの缶を押し当てている腕を強引にどけると、彼は短く区切ってまた唸りながら、素早く顔をそむけた。

「どうしたの、見せてよ」

「いいんだ。心配するなよ、大丈夫だから」

あたしは気配を殺して大きく息を吸い、思いきって彼の身体を自分の方に転がした。大きな岩がひっくり返るようにフジシマは仰向けになり、驚いてあたしを見た。

「何するんだよ」

あたしは額に皺が寄るほど目を丸くして、彼の腫れた頰と切れた唇を見つめた。すぐにその味と感触を思い出すことが出来るフジシマの唇は端の方が切れ、全体がめくれて見えた。そのために、彼はいっそう不機嫌そうな顔になっていた。

「どうしたの」

「うるさい」

フジシマは、突然叱りつけるように大声で言った。

「さっきから、どうしたのどうしたのって何回聞いてるんだよ」

あたしは身体を硬くした。心臓だけが、空気をいっぱいに入れたビーチボールのように膨らんで、いまにもはじけそうに鼓動していた。

「飯食えよ、大丈夫だからさ」

フジシマは、すっかり乾燥して硬くなった海綿のような口調で付け加え、目を閉じた。揃った睫毛が、下瞼の上に静かに載せられた。

テーブルの上に、コンビニエンスストアのサンドイッチとおにぎりが三つずつ投げ出してあった。サンドイッチは押し潰されて平らになり、おにぎりは角の部分がそれぞれちがう角度になっている。その横には、おまけのついた赤い箱のキャラメルが置いてあった。

あたしはフジシマの隣りに横になり、彼の肋骨に頭を押しつけた。肋骨のすぐ下は抉ったように窪んでいて、腰の骨に届くまでずっと、背中の部分しかないと感じられるほど肉が少なかった。フジシマの肋骨は、公園にある金属で編んだゴミ籠《かご》に似ている。

「どうして、何も言ってくれないの」

いままで経験したことのない不安が、神経を丁寧により分けて痛みを感じる部分だけを刺激した。それは米粒ほどの大きさなのに、体積のある雲のような不安よりもずっと強い力であたしを攻撃した。尖った痛みを我慢していると、今度は、広く黒い雲がゆっくりと流れてきてあたしを窒息させた。雲はあたしに巻きついて力を加えながら、フジシマのことを何も知らないくせに、とせせら笑っていた。

あたしは頭を振り、フジシマの背中の下に片手を差しこんだ。彼はわずかに背中を上げ、あたしの手を下敷きにした。そして何も言わずにあたしの肩に掌を置き、軽く叩いた。

次の日は、「キューリとミカン」で仕事だった。フジシマのアパートから歩いて十分ほどで着く店は、本当に近かった。ライブが終わってから、あたしはのんびりと着替えた。飲みに行っても、帰りの交通手段の心配をしなくていいと思うと、背中がいつもより軽く感じられた。

荷物をまとめて楽屋を出ると、フロアには何組かの客が残っていて、スピーカーからイギリスのパンクバンドの曲がヴォリュームを絞り気味にされて流れていた。鯨の腹の中ですし詰めの客が跳ねていたようなさっきまでの騒々しさが、厚みのある風で一気に吹き払われたようだった。

入口に近いテーブルで、三原さんがくつろいだ姿勢で写真雑誌をめくっていた。あたし達が挨拶をして店を出ようとすると、顔を上げて、

「お疲れさまでした」

と答えた。一番後ろにいたあたしと目が合うと、彼はしばらくあたしの顔を眺め、カブト虫くらいの大きさの声で、

「気をつけて帰れよ」

と付け加えた。注意深くうなずくと、ほとんど動かない川の流れほどのゆっくりさで、三原さんの香りが届いた。それは彼の胸のあたりから空気をかき分けて進み、あたしの身体の中を泳いで、自分でもどこにあるかわからない心を包むと少し加圧した。あたしはすぐ前にいたエミさんに「先に帰ってて」と断った。三原さんは格別不思議そうな顔もせず、雑誌を広げたまま待っていた。

「あの、いま忙しいですか」

「たいしたことはない」

彼はあたしが何か言う前に立ち上がり、入口と反対側の席に移動した。そして顔の横で人差指をまっすぐに下に向けてテーブルを指すと、カウンターにいた若い男の子に、

「フォアローゼス」

と一言だけ言った。男の子はすっ飛んできて、まず三原さんに白い液体の入ったグラスを置き、あたしの前に水割りのセットを並べた。

「勝手にやってくれないか」

あたしは慌てて、両手と頭を一緒に振った。

「とんでもないです。あたし、さっきビールをいただきましたから」

「気にしなくていい。何か話があるだろう」

彼が一言喋るだけで、あたしは気後れして黙りこんでしまう。まるで狭く硬い箱の中に入れられたようで、心が身動き出来ずに途方に暮れてしまうのだった。

「腹減ってないか」

三原さんは、顎を上げてもう一度カウンターに向かって、「何か、食う物を適当に」と告げた。彼の声の大きさは普段と変わらないのに、入口の横にあるカウンターの若い男は聞き返すこともなく、指示通りに動く。ここは店ではなく、彼の要塞《ようさい》だった。

「あの、すみません」

「座って話すのは、初めてだな」

あたしが頭を下げるのを無視して、三原さんは確かめるように言った。

「おまえ、いくつになった」

「十五歳です」

「初めて店に来た時は、十三歳だったな」

「はい。初めて来てから、あと二か月で二年です」

「そうか」

彼は少し考え、斜めを向いて長い溜息をついた。頭蓋骨のすぐ上を覆っている皮膚は乾いていて丈夫そうに見えたけれども、細い皺が、表情を動かさなくても作られた道のように頬骨の上を削っていた。そのことに気づいたのは、彼よりずっと年下のフジシマと一緒に暮らしているからだと、あたしは一人で納得した。

「あたし、変わりましたか」

「変わったところもあるし、変わっていないところもある。おまえの年頃の二年は、俺達の二十年とも比べられないほど、代謝が激しい」

ウエイターの若い男が、フライドチキンと焼きうどんとサラダを運んできて、下描きでもしてあるように慎重に場所を選んで置き、三原さんには新しい飲物を渡した。二十歳くらいの彼は、唇を短い割箸のように固く結び、険しい顔で靴の踵を揃えて頭を下げると去って行った。

「どうぞ」

三原さんは話が続いてでもいるように口調を変えずに言い、掌を上に向けて料理を示した。五本の指の太さがほとんど変わらない彼の手は、体育の時間に使う硬いマットを連想させた。そう思った途端にあたしの身体は煙草ほどの大きさになり、マットの上に転がって頰を擦りつけた。喉が気持ちよく開き、つかえていた言葉が跳ねるように出てきた。

「フジシマ、御存知ですか」

「フジシマ？」

「前にここで働いていたそうなんですけど……三年くらい前」

「藤嶋雄作《ふじしまゆうさく》のことか」

三原さんはすぐに言い、厚手のグラスに入った白い液体を一口飲んだ。ドリンクMだろうと、あたしは思った。

「フルネームは、知らないんですけど」

「俺より少し背が低くて、髪の毛は長い。左手の中指に指輪をしてたな」

「多分、そうだと思います。ちょっとジャングルっていう感じで、色は白いんですけど」

「ジャングルか」

三原さんは手許に視線を落として、少し笑った。直線で造られていた唇が緩み、色素が増えて桜色に変化したように見えた。

「ここで、働いてたんですか」

「ああ」

三原さんは、自分のグラスを両方の掌で挟んだ。

「これは、藤嶋が考えてくれた。この店に来て、すぐだったな。気に入って、それからずっと飲んでる」

「どのくらい、いたんですか」

「八か月。最初は、バーか何かと間違えて雇って欲しいって来た。うちは、女が働いていないから」

「ああ」

ライブハウスでも、女の従業員を置いている所もある。彼女達はたいていあまり化粧をせず、エプロンをかけて愛想のない顔で飲物を注いでいる。

「田舎は広島だったな。クラブやバーを転々としていたらしいが、ここはシェイカーを振るような仕事もあまりないから、しばらくして辞めた」

「そうですか……」

「どうかしたのか」

三原さんが話してくれたのは、もう知っていることがほとんどだったので、あたしはがっかりした。彼がどんな暮らしをしていたのかとか、どんなことで喜んだり怒ったり悩んだりはしゃいだりしていたのかとか、そういうことを知りたかった。が、あたしには、それをきちんと言葉にして三原さんに伝える技術がなかった。濁った気体の塊を抱えているようで、その大きさとわけのわからない不安に戸惑うばかりだった。

三原さんはあたしが言いあぐねているのを見ると、一緒に黙っていた。二人で煙草を二本ずつ喫い、彼は飲物を飲み終え、あたしはサラダの中の細長く切ってあるキューリを何本か食べた。それからまた煙草を三本ずつ喫い、申し訳なくなってもう帰ろうかと思い始めた時、三原さんがそれを見透かしたように言った。

「俺は、いい奴だと思っている」

あたしは、彼の前にあるドリンクMをじっと見ていた。瞼が、一気に加速したように瞬きの回数を増やしていった。身体の中の水分のバランスが崩れ、喉がひりひりと渇いていった。喉の筋肉に保存されていた水は気配を殺して一斉に駆け上がり、不意に下瞼のあたりに現れて、子供がすべり台を降りていくように外に流れた。

フジシマのアパートにある電気製品は、テレビと小さな冷蔵庫と洗濯機とCDラジカセくらいのものだった。そしてCDラジカセがあるのにCDもテープもなく、あたしが自分のハードロックのCDをかけると、嫌がりもせずに一緒に聴いていた。

「うるさくない？」

「別に」

フジシマの左の頰と目の下には、写真にでも撮っておきたいような立派な痣《あざ》がまだ残っている。彼がしばらくは外に出ずに家にいると言ったので、あたし達は昼間からウイスキーを飲んでいた。

「好きな音楽とかないの。レンタルでダビングすれば聴けるのに」

「あんまり興味ないからさ、ユーリの好きなやつかけていいよ」

「うん。でも、ちょっとうるさいんじゃないかと思って」

「平気だよ」

「あ、そうだね。前に『キューリ』にいたんだもんね」

「あの店で働いてる時は、本当にうるさい音楽ばっかりだったからな。音もでかいしさ。帰って来て寝ようと思っても、耳鳴りがビービーしてるんだぜ」

あたしは笑って、ヴォリュームを少し下げた。ベースを始めた頃、毎日何時間もヘッドフォンで大きな音を聴き続け、立ち上がろうとすると眩暈《めまい》がしたことがよくあった。あまり大きな音をずっと聴いていると、吐き気がすることを知ったのもその頃だった。つい一年ほど前のことだが、まるで小さな子供の頃の記憶のように遠くに感じられる。

「このウイスキー、おいしいね」

あたしは開けたばかりのウイスキーの瓶を持ち上げ、ラベルを眺めた。国産の安い酒だったけれどあまり辛くなく、氷をたくさん入れると、いつまでも飲んでいられるのだった。

「ユーリは、ウイスキーが好きだよな。女のくせに珍しいぜ」

「そうかな」

「女は普通、ビールとかワインとかよくわかんねえカクテルとか好きなんだよな」

「バーテンだったのに、よくわかんねえカクテルとか言ってる」

「いちいち、うるさいよ」

フジシマは、あたしの顎を摑んで下の唇だけを捉えて吸った。彼の舌があたしを舐めると、あたしは他の人間にも自分と同じようなざらついた舌があることを意識し、不思議な気持ちになるのだった。

あたしは痣をよけながら、フジシマの頰で唾液を拭った。彼の皮膚はあたしよりも少し厚みがあり、硬かった。そして粉薬を舐めた時のように、微かに苦かった。

「いいお天気だから、洗濯しようかな」

空の高い位置にある太陽は、地面が自分の所有物とでも思っているように容赦なく照りつけ、庭の雑草は乾ききって投げやりに生えている。

「仕事、いかなくていいのか」

「今日は高円寺《こうえんじ》だから、近いよ」

あたしとフジシマはグラスに残っていた酒を競争するように一気に飲み干し、洗濯物を入れてある蓋つきのバケツをひっくり返した。フジシマの深緑色のトランクスやいつも着ている襟が伸びた黒いTシャツやタオルが飛び出し、あたしの下着はその中に埋もれていた。

「女の物ってさ、何でこんなに小さいんだろうな」

洗濯物を分けているあたしの隣りで、フジシマはしゃがんだ膝に両肘をつき、猿のような恰好で衣類を眺めていた。

「身体が小さいんだから、こんなもんでいいんじゃないの」

「それにしても小さいよ。何か、かわいそうになるくらいだぜ」

洗濯機は海の底で何かをかきまぜているような重たげな音を立てて、ようやく廻っていた。長い坂道を必死で登っているトラックのエンジンの音とも似ていた。洗濯機の横でその音をしばらく聞いていると、フジシマが後ろからあたしの身体を抱いた。

「こんな小さい身体で、よく働くな」

「身長は、標準より高いんだよ。フジシマとだってあんまり変わんないと思うけどな」

「背は高いけど、細いよ」

フジシマはあたしの髪をかき分けて、首筋に鼻を押しつけた。

「ユーリの匂いがする」

「どんな匂い？」

「いい匂い。ユーリは、チューリップと似てるよ」

「チューリップは、強く抱くと折れちゃうよ」

「チューリップは、喋んないんだぜ」

フジシマの腕は、あたしの身体に巻きついてもまだ余裕があり、物足りなさそうに力を放電させている。あたしは彼に凭れて、水が溜まる音を聞いていた。きれいな天使達が、山奥の川で手を洗っているような音だった。このろくに働きもしない酔っ払いと一緒にいると、水が動く音でさえもさまざまに聞こえる。あたしは自分の神経が、くつろいで伸びをして面積を広げたように感じた。すると筋肉まで揃ってほぐれ、固まって負荷になっていた力が砂糖のようにたやすく溶けるのだった。

庭に洗濯物を干し、ガラス戸の前に寝そべってそれを眺めた。二人の衣類は黒やグレーや群青色や深緑ばかりで、洗剤のコマーシャルなどとは似ても似つかない景色だった。けれども、礼儀正しく並んだ洗濯物が気まぐれに揺れているのを見ていると、横に寝ている男と、生まれた時からこの汚いアパートに住んでいるような気になるのだった。

「あ、しまった」

あたしは口に出して言い、跳ね起きてカレンダーを確かめた。数日前に家に電話をした時に、父親が帰ってくる日を知らされていたのだった。

「仕事、間違えたのか」

「ううん、違う。ああ、よかった。明日だ」

「何だよ」

「明日、ちょっと家に戻る。四、五日泊まるかも知れない」

「そうか。早く帰って来いよ」

フジシマは頬杖をついて片方の手で灰皿と煙草を引き寄せ、「いて」と小さな声で言って頬を支えていた手を離した。

「まだ痛いの」

「少しだけどね」

彼は顎を突き出して唇に煙草を挟み、眩しそうに目を細めた。

「本当に、どうしたの。もう教えてくれてもいいじゃない」

「会社に勤めてたらさ、こういうのを労災っていうんだろ」

「仕事で怪我《けが》したの」

「まあ、そうだな」

フジシマは眩しそうな顔のまま、口だけで笑った。

「俺のことより、ユーリはどうなんだよ」

「どうって、何が」

「家のこととか、全然喋んないだろ。親と住んでるのか」

「まあ、そうだね」

フジシマの口調を真似《まね》ると、彼は素早い動作であたしの耳を引っ張った。

「痛いな」

「兄弟は」

「弟が一人いるよ」

「学生か」

「うん」

　フジシマと初めて会った時に、自分のことを二十一歳だと言ったのをすっかり忘れていたあたしは、首を小刻みに動かしてうなずいた。

「フジシマは」

「俺は、広島にオヤジとオフクロと兄貴がいるんだ」

「弟なの」

「そうだよ」

「だからこういう無責任な生活をしていられるんだね」

「何だよ、その無責任な生活っていうのは」

「労働もせずに、昼間から女の子とたらたら飲んでるような生活のこと」

「洗濯したじゃねえかよ。住民票だってちゃんとあるんだぜ、自立した社会人の生活だよ」

　フジシマは大真面目に言い、もう一度あたしの耳を引っ張った。

「痛い。商売道具なんだから、丁寧に扱ってよね」

「ユーリこそ、変だぜ」

　フジシマは不意に低い声になった。高層ビルの谷間で石に腰かけて酒を飲んだ時と同じトーンの、低いけれどもきちんと立ち上がっている声に、あたしは実際の年齢差を突きつけられて身構えてしまう。

「親と暮らしてるのに、俺みたいな男の所に来て住んでるなんて、ちょっとおかしいよな」

「そうかな」

「おまえ、バンドだけで食ってるわけじゃないんだろ。あとは何してるんだ」

あたしははっきりとうろたえて口を噤《つぐ》み、フジシマから視線をそらした。何か適当な答えはないかと考えながら落ち着きなく部屋の中を見廻していると、やはり肝心なことが不手際な十五歳の小娘だということを思い知らされるばかりだった。

急にそわそわしながら黙ってしまったあたしを横目で見ると、フジシマはあまり興味がなさそうに腹ばいのまま静かに言った。

「別に、言いたくなきゃ言わなくていいんだぜ。ちょっと聞いただけなんだからさ、気にするなよ」

「うん」

あたしは仕方なくうなずき、起き上がるとテレビをつけた。薄化粧に見える若い女と、垢抜けないポロシャツ姿の中年の男が、にこにこと笑いながら押し入れ用の衣裳箱の宣伝をしていた。

翌日の昼過ぎ、あたしは楽器と化粧道具を持って家に戻った。フジシマのアパートで暮らすようになって十日ほど経っていたが、その間に一度しか帰っていなかったので、自分の家を見るのは久し振りで、他人の物のようによそよそしく見えた。

玄関に入ると、象が履いていたのではないかと思われるほど横に広がった、父親の黒い靴が真中に脱いであった。

あたしはまず二階に上がって自分の部屋に荷物を置き、それから居間に行った。父親と母親と弟が、アイスコーヒーを飲みながらいくつもの山を作っている荷物を整理していた。

「ただいま」

「おう」

父親がまず言い、母親と弟は、動作の鈍い動物のように黙ったままあたしを見上げた。

「おかえり、お久し振り」

「久し振り。元気だったか」

「おかげさまで」

あたしは父親の向かいに腰を下ろした。入れ替わるように母親が重たげに立ち、冷蔵庫からアイスコーヒーを出してコップに注ぐと、あたしの前に置いた。

「あ、サンキュー」

母親はうなずき、テーブルの上に載っているクッキーを顎で指した。八月だというのに服を着た変わりものの猫は、母親の腰に頭をなすりつけて甘えている。

「すごい荷物だね」

「有理にもお土産《みやげ》、買ってきたよ」

父親は日に焼けた顔で嬉しそうに言い、山をがさがさとかき廻して白いビニールの袋をいくつも出した。

「女の子の物ってよくわからないから、会社の子に頼んで買ってきて貰っちゃったよ。でも有理は高校生だから、可愛いノートなんかの方がよかったかも知れないな」

「へっ、子供じゃあるまいし」

彼が渡してくれたのは、クラスの女の子がよく騒いでいるイタリアのブランドのTシャツが三枚と、黒い革のスニーカーと、アメリカのオーデコロンと、フランスの若いデザイナーの鞄だった。それから、包装されていないさまざまな色のマニキュアを、

「友達と分けなさい」

と、水を流すように大量に掌に転がされた。

「どうもありがとう。でも、いつもこんなにたくさん買ってきてくれなくていいよ。春にも、Tシャツをいっぱい貰ったし」

「あっちは一年中暑いから、着る物っていうとTシャツしか思いつかないんだよなあ」

父親は楽しそうに笑った。彼は、シンガポールと日本を行ったり来たりする生活をもう四年も続けているが、瘦せもせず病気とも無縁で、家族の中では一番元気だ。

「今日は、思い切り食うぞ。日本のめしなんか、春以来だからな」

「あっちなんか、何でも安くておいしいんじゃないの」

「うまい物もあるけど、やっぱり日本で食う和食が一番だよ」

「そうかな」

「有理はまだ高校生だから、肉とか好きだろうけどね」

居間に散らかった衣類やお土産や本や書類を片付けて、父親は昼寝をしに弟の部屋に行った。弟はクーラーのよく効いた居間でテレビゲームを始め、あたしはテーブルの上のコップと皿を流しに運んで洗った。

「悪いわね」

母親が、冷蔵庫の材料を確かめながら石のような口調で言った。しばらく会わなかったせいか、彼女とあたしはあまり親しくない親戚のように接し、仲がいいわけでもないが、とりあえず表だった諍《いさか》いもないという様子を保っていた。

「夕食の仕度、手伝おうか」

「大丈夫。後でビール買ってきて」

「わかった」

食器を洗い終わってタオルで手を拭《ふ》くと、いつもよりずっと厚く柔らかい感触だった。あたしは花の刺繍《ししゅう》がしてある青いタオルを見た。それは、フジシマのアパートの洗面所に掛けてあるものとはずいぶん違っていた。家に帰ったばかりだというのに、あたしは彼が薄いタオルで手を拭いているところや、鏡の前で髭を剃《そ》っているところを思い出し、胸の中心の長い骨が軋《きし》むような懐かしさに捉われた。

その夜の食卓は、豪華というよりも、お互いに主張して譲らないやかましい人ばかりがいる会議室を上から眺めているようだった。あたしは父親とビールを飲んだが、いつもは少し飲んだだけで口うるさく文句を言う弟も、おとなしく大根の味噌汁をすすっている。

「有理、バンドやってるんだって」

父親があたしに尋ねた。

「うん」

「どんな傾向の曲をやってるんだ」

「どんな傾向って聞かれると、まあうるさい曲としか言いようがないな」

そう答えながら、あたしは自分の大人びた口調に驚いた。ロックをよく知らない人には、出来るだけ専門的でない表現で、相手がイメージしやすいように説明する姿勢を、あたしは短い期間で身につけていた。自分の商売を説明出来ることは、プロの必要条件だった。

彼は自分が知っているロックバンドをいくつか挙げた。あたしはその中から、一番チェルシー・ガールと似たバンドを選んで教えた。

「そうか。日本にいる間に観ておきたいな。おまえは行ったのか」

父親が母親の方を向いたので、母親は途惑いながら首を振った。

「何だ、文隆は」

「行ってないよ」

「二人とも、観てないのか」

「お姉ちゃんのやってるような音楽って、あんまり好きじゃないから。それに僕はまだ中学生だし」

弟は遠慮しながらも、明確に説明した。母親はそれを見て、目と口全部を細い線にして満足そうに笑った。

「せっかくなんだから、観に行こう。有理、今度はいつコンサートなんだ」

「コンサートっていうほどのものじゃないけど、あさって外苑前《がいえんまえ》のライブハウスでやるよ」

「じゃあ、それに行こう」

父親がきっぱりと言い切ったので、母親と弟は揃ってうつむき、軟式のテニスボールくらいの溜息を、音をたてずに皿の上に転がした。あたしはそのライブハウスの一番隅の席に三人が座っている場面を想像した。彼等の姿をあたしはすぐに見つけ、ベースを弾きながら何げなくそちらに向かって微笑んだりする。そして不意に曲順を忘れても彼等を見るとすぐに思い出し、足許にあるカンニングペーパーを爪先で剝がして蹴飛ばせるのだった。

次の日の夕食の後、事務所から貰ってきたチケットを渡すと、父親は珍しそうな顔で真剣に時間や場所を確認していた。

「そうだ、金を払わなくちゃな」

「いいよ、そんなの」

「だけどノルマなんかが大変なんだろ」

あたしは思わず吹き出した。

「それほどでもないよ。アマチュアのバンドじゃないんだから。今回は御招待っていうことで、悩まないでとっといてよ」

「感動するなあ、娘のコンサートに招待して貰うなんて。考えてもみなかったよ」

「でも、あたしなんかトラみたいなもんだから」

「何だそりゃ」

「要するに、代わりの人なんだよ」

説明すると、彼はいちいちうなずきながら熱心に聞き、ふと思いついたように、

「ちょっと外に出ないか」

と誘った。あたしはTシャツとジーンズに、木綿の薄いジャケットを持って、父親が買ってきてくれたスニーカーを履いた。彼は着古した白いポロシャツとカーキ色のパンツで、まるで夜食を買いに行く母親のいない父娘だった。

外はすっかり日が暮れていたけれども、夏の夜は隙間のある暗さで、遠くの商店街や学校も影絵のようにすっきりと見えていた。

「どこに行くの」

「哲家《てつや》」

父親は、馴染みの居酒屋の名前を言い、にやりと笑った。あたしはあまり当然のように納得するのもよくないだろうと考え、

「いいの」

と彼を見上げた。

「お祝いだから、いいだろう」

「お祝いだと、いいの」

「そうでなくても、構わんけどな。しかし有理、補導されないように気をつけろよ。現行犯は、言い逃れが出来ないからな」

「大丈夫。外で飲む時はメイクしてる」

父親がよく行くその小さな居酒屋は、商店街の中ほどにあった。あたし達が店に入ると、カウンターにいた板前が父親を見て、

「あれ、いつ帰って来たんですか」

と大きな声で愛想よく言い、あたしに気がついて、

「いらっしゃいませ」

と付け加えた。

「昨日戻って来たばっかりなんだ。こっちで一番最初に寄った店が成田《なりた》のホットドッグ屋で、二番目がここ」

「毎度ありがとうございます。今日はまた、若くて美しい女性と御一緒で」

「これ、娘だよ」

父親はカウンターに座りながら、少し頭を反らしてあたしを指した。あたしは、さっきまでプールで泳いでいたような印象の若い板前に、

「はじめまして。いつも父がお世話になっています」

と挨拶をした。

「いや、きれいなお嬢さんですねえ。渋沢さんと全然似てないじゃないですか」

「褒《ほ》めてるつもりか」

「勿論ですよ。お嬢さんは、おいくつなんですか。女性に年を聞いちゃ失礼かな」

板前が「ビールでいいですか」と聞いたので、父親は「家でちょっと飲んだから、焼酎出して」と言い、あたしに「酒を飲んでいいのって、十八からだっけ」と小声で確かめた。

「二十歳からだよ」

「あ、じゃあ二十歳。今日が誕生日ということで」

「お嬢さんだったら、そのぐらいに見えるなあ」

板前は慣れた調子で父親に合わせ、あたしの前にもグラスを置いてくれた。よく磨かれた木のカウンターは広く、あたし達の他に、中年のサラリーマンの二人連れがい

るだけだった。奥の座敷から、襖《ふすま》越しにあまり大きくない笑い声が時々聞こえる程度の、静かな店だった。

「焼酎でいいか」

「割ってくれれば、飲めるよ」

「いつもは何を飲んでるんだ」

「最近は、ウイスキーが多いな。もう、ビールだとあんまり酔わないから」

「身体、気をつけろよ」

父親が、酒の好きな部下に忠告するように言ったので、あたしは真面目にうなずいた。

「それじゃ、乾杯」

グラスを軽く合わせた時、あたしは無意識に、自分のグラスの縁を彼よりも少し下げた。

「どうもお疲れさまでした」

「おまえ、親父と飲む時までそういうことを言わなくてもいいんだよ」

父親は少し気の毒そうな顔であたしを見た。三原さんと同じ程度に進行した目尻の皺は、水分を失ってひび割れた地面のようだった。あたしと彼は、並んで座ってカウンターの向こうの野菜や魚や海老を眺めながら酒を飲んだ。彼は工事現場の杭《くい》のように太く短く、そして何の匂いもしなかった。

「離れて暮らしてるとなあ」

「うん」

「自分の子供が大きくなるのが、あっという間なんだよな」

「そうか」

「特に有理は、仕事をしてるせいだと思うけど、すごく大人になったよ」

「お酒も強くなった」

あたしは何げなく父親の方を向いて驚いた。焼酎のグラスを持っている彼の手は、あたしと同じ形だった。大きくて甲に肉がついていないところも、その甲の皮膚に透けている細い骨の間隔も、小指が短いところも、同時に作ったのではないかと思えるほどだった。父親は、大人同士の集まりの時のような顔で笑った。

「こんなに早く、外で二人で飲めるようになるとは思わなかったよ」

「そりゃそうだよね」

「こういうの、夢だったんだよ。自分の子供と、外で飲むっていうの」

「あたしじゃなくて、文隆が叶えてくれると思ってたんじゃないの」

「文隆ねえ。確かに奴が生まれた時はそう思ったけど、あいつ、くそ真面目だから駄目なんだよな」

　奥の襖が開き、団体の客が、全部同じに見える一列に並んだ靴の中から、それほど迷いもせずに自分の物を探し出して履き始めた。父親より少し年配の彼等は、半袖のワイシャツに締めたネクタイを緩めて、襟の隙間まで皮膚を赤く染めていた。地方の大きな神社で参拝を終えた団体のようにぞろぞろと客が帰ると、店はいっそう静かになった。

「文隆が真面目なのは、お母さんに似たんだな」

「あの二人、性格似てるよ」

「向こうも言ってるだろう、お父さんと有理は性格がそっくりだって。お互いさまだな」

「違うね」

　あたしは父親のグラスに焼酎を注ぎ足しながら言った。

「何が」

「靖子《やすこ》さんに似てるのは、文隆だけじゃないよ。猫だってそっくりなんだから。こっちが数で負けてる」

「猫かあ。すっかり忘れてたな」

あたしと父親は顔を見合わせて、

「あのバカ猫」

と言い、笑った。

「ハルミ」

あたしは父親の名前を呼んだ。弟のように真正面から「お父さん」とか「お母さん」とか言えなくて、中学生になった頃から「ハルミ」と「靖子さん」で済ませている。

「何だ」

「いつ、帰ってくるの」

「また、日本に転勤になるってことか」

「そう」

「いつだろうなあ」

父親は頭の重心を後ろに移動させて、天井を見上げた。そして唇を少し開いて自分に言い聞かせるように、もう一度、

「いつかなあ」

と呟いた。あたしは彼を横目で見て、ジャケットのポケットから煙草を出し、頬杖をついたまま差し出した。彼は何も言わずに一本抜き取り、自分のライターで火を点けて、確認するようにフィルターのあたりに目をやった。

「せっかく日本にいるんだから、日本の煙草を喫えよ」

「二十歳になったらね」

不意に、店の空気が冷たく感じられた。あたしは飲み足りないのかと思い、一口で飲む量を多くした。父親との間に置かれた焼酎の瓶は、中身があまり減っていなかった。

父親は三週間滞在するらしかったが、あたしは彼が家に帰って一週間目に、一度フジシマのアパートに戻ることにした。ライブにも招待したし、その後たて続けに仕事

があったので、家にいられる時間が少なかった。

「仕事が忙しいから、悪いけどメンバーの家に泊まる」

と言うと、彼は機嫌を悪くするふうもなく、

「仕事じゃしょうがないよな。暇な時は帰ってこいよ」

と答えた。そして部屋で帰り仕度をしていると、階下を気にしながらそっと入ってきた。

「どうしたの」

「いや、お母さんと文隆はテレビを観てるよな」

「うん」

父親は、大きな黒い革の財布から、三本の指で五万円出し、あたしに渡した。

「何これ」

「しっ、小遣いだ。黙って早くしまえ」

「何で」

「まあ、たまのことだからな」

「悪いからいいよ。あたしだって働いてるんだし」

「親父に遠慮するなよ。早くしまえってば」

あたしは新しい一万円札を片手で持って、困って彼を見上げた。

「本当に悪いよ、こんな大金。あっちに行く時に、またお金がいるんじゃないの」

「いいんだよ。次は年末まで会えないんだから、それまで色々と不自由させる埋め合わせだ」

「うん」

あたしの隣りに座りこんで、父親は荷物と楽器を興味深そうに見ていた。あたしは底がすり切れた鞄から財布を出し、

「どうもありがとう」

と言って、一万円札を入れた。彼は短い間隔で瞬きをしてあたしに視線を移し、何か考えているように顎の先で何度も小さくうなずいた。そして仕方なさそうに微笑し、鞄を指した。

「破れてるじゃないか」

「荷物が多くて、重いからね。それにどこにでも置くから、すぐ穴が開いちゃうんだ」

「ビニールだからだろ」

「革だと、何も入ってなくても重いんだよ。でも、さっき貰ったお金で新しいのを買おうかな」

「そうしろよ。仕事に使う物は、いいのを買っておいた方がいいぞ。それとも、今度帰る時に買ってきてやろうか。ヴィトンなんかでも、少しは安いらしいから」

「とんでもない。日本にいるんだから、日本の鞄を使うよ」

父親は、あたしの頭を軽くこづいた。あたしは、洗面所から勝手に持ってきた新しいタオルを最後に入れ、鞄のファスナーを閉めた。鞄は年の暮れの郵便局の袋のように膨らんで、嫌そうな音をたてて口を閉じた。彼はそれを持ち上げ、目を丸くした。

「こんなに重いのを持って歩いてるのか」

「まあね。わりと荷物の多い商売だから」

「女の子は、あんまり重いものを持たない方がいいんだぞ」

「いちいち心配しなくたって、大丈夫だよ」

何かにつけてひとこと言わなくては気が済まないようだったが、相手が父親だと不思議に腹が立たない。小さな子供に言って聞かせるような口調が、かえって可愛らしく感じられるほどだった。父親はもぞもぞと口を動かしていたが、平らな溜息をついて鞄を指ではじいた。

「知らない間に、こんなに重い鞄を持って働きに行くようになりやがって」

「ははは」

「いい気なもんだ」

「まったくだね」

あたしは努めて明るく言い、彼の肩を叩いた。

「元気出せよ、いいことだってあるんだからさ。また一緒に飲もうぜ」

言葉遣いとリズムがフジシマと同じことに気づいて、急に彼が懐かしくなった。耳が彼の喋り方を正確に憶えていて、口が正しく表現したその音をまた耳が捉えると、目の奥が反応してフジシマの像を頭の中に結んだ。あたしは、身体の機能をすべて働かせてフジシマに関する記憶を再生し、身体でない部分でそれを貪っている。そして身体の中にいる小さなフジシマのおかげで、いままでより余裕を持って父親を励ますことも出来るのだった。

楽器を点検し、トラブルがないことにほっとしてケースに戻した。薄いウレタンを内側に抱えた柔らかいケースに鼻を押しつけると、フジシマの部屋の匂いが微かにするようだった。

　フジシマのアパートに戻ったのは、昼過ぎだった。ＣＤラジカセから、珍しくアコースティックギターの静かな曲が流れていた。彼は窓際の壁に凭れてビールを飲んでいたが、あたしを見るとごく当たり前のように、

「おかえり」

　と声をかけた。

「ただいま」

「暑かっただろ、ビールあるぜ」

「うん、ありがとう」

　荷物を置き、冷蔵庫からビールを一本出して彼の隣りに座った。ぼんやりと外を見ていたフジシマは、待っていたようにあたしの遠い方の頬を押さえて、唇を念入りに吸った。ビールの匂いが唇と鼻に同時に移動して、あたしを笑わせた。

「何だよ」

「酔っ払い」

「いまさら言うようなことじゃねえな」

フジシマは威張って言い、髭を擦りつけながらあたしの頬に唇で触れた。顎の骨が、憶えていたより少し飛び出していた。

「髭くらい、剃ればいいのに。どこにも出かけなかったの」

「ああ」

「ちょっと痩せたんじゃない」

「そうかも知んねえ」

フジシマはビールの缶を握り潰して庭に投げ、立てた膝の上に頬杖をついてあたしを眺めた。長く揃った指で彼の顔の下半分は隠され、考え深いキリギリスのように見えた。

「どうしたの」

「久し振りだなと思ってさ」

「変なの」

「真面目に言ってるんだぜ」

フジシマは前を向き、窓の側にあった灰皿を自分とあたしの間に置いた。

「何か、おかしかったよ。ユーリが行ってから」

「何かって、何が」

「何もする気にならなくてさ。外に出るのも嫌だし、腹も減らないし、眠くもならないし。バッテリーが上がった上にオイルまで切れたガス欠の車、っていう感じだったんだよな」

「それで、どうしてたの」

「しょうがないから、ここでずっと飲んでた。何か、吐きそうになったよ」

フジシマは、自分の座っている床を指した。

「風邪でもひいたのかな。でも、夏風邪は馬鹿もひかないって言うもんね」

「おまえ、意外と単純な発想だな」

「どうして。具合が悪そうだったら、病気かなって思うじゃない」

「俺さあ」

フジシマは天井を仰いで、煙草に火を点けた。

「多分、淋しかったんじゃないかと思うんだ。あんまり、淋しいって思ったことがないから、よくわかんないんだけどさ」

彼はあたしの方を向き、煙草を挟んだ歯で短く笑った。丸い目が横に長くなり、キリギリスは照れて背中をかいた。あたしは飲みかけのビールを渡し、代わりに彼が咥えている煙草を取り上げて喫った。フィルターが、少し湿っていた。あたし達は、しばらく黙ってCDを聴いていた。

「きれいな曲だね」

「きれいな曲だろ」

「誰？　あたしのじゃないよね」

「誰かな。ユーリのじゃないよ」

あたしはフジシマを軽く睨んだ。

「どうして同じことばっかり言うのよ」

「好きだから」

あたしは真剣に彼を見た。

「フジシマ、本当に変だよ。どうしたの」

「別にどうもしないさ」

彼はギターの音に合わせて顎を小さく揺すりながら、言葉を探しているようにゆっくりと喋った。

「俺、女と普通に住んだことなんかなかったんだよ。だから、好きな女が何か喋ってるのを聞いてる自分がいるっていうのが、すごい嬉しいんだよ。それを確かめてるんじゃないのかな」

「フジシマって、もしかしてもうすぐ死ぬんじゃないの」

「おまえ、何てことを言うんだよ」

「人が死ぬ前って、いきなりいい子になったりするっていうじゃない。それじゃないのかなあ」

「俺に死んで欲しいのかよ」

あたしは急に怖くなって、フジシマの胴体を両腕で抱えた。うんと高いピアノの音のような匂いのする硬い身体が、ただの死体になって転がっているところが簡単に想像出来て、彼の肋骨の脇に顔を押しつけた。頭の上でビールを飲む気配がして、液体が身体の中に入っていく音が響いてきた。

「ユーリは、子供だな」

フジシマの落ち着いた声が、あたしの耳に柔らかいヨーグルトのように流れこんできた。甘味の感じられないそのヨーグルトは、体温と同じ温度で、あたしの身体をまんべんなく巡った。

相変わらず、チェルシー・ガールは忙しかった。ライブハウスを廻り、新しい曲を作り、その曲の練習をし、ビデオでステージをチェックし、ごくたまには雑誌の取材を受けた。夏休みになっても、あたしの負担は減ったようには感じられなかった。それよりも、学校のある時によくこれだけの仕事をしていたという思いの方が大きかった。

ジュリアさんがアレンジを担当していたので、あたしにも少しずつその仕事が廻ってきた。他にも、詩を書いたり曲を作ったりして持っていかなければならないことがあった。エミさんは、初めてあたしが書いた詩を見た時に、

「わりといいね」

と褒めてくれ、マキさんに曲をつけるように頼んでくれた。そうやって、レパート

リーが増えていくのだった。

ある日の夕方、新曲の練習のためにスタジオに行くと、ロビーでデイジーさんとセシリアさんが大騒ぎをしていた。セシリアさんの顔はダリアの花のようにほころび、デイジーさんがしきりに腕を摑んだり肩を叩いたりしている。

「おはようございます」

「あ、おはよう」

「どうしたんですか。デイジーさんの声、入口まで聞こえてましたよ」

「だって、これ見てよ」

デイジーさんは、セシリアさんの左手をあたしに向けて突き出した。

「うわ、すごい。きれい」

あたしは思わずセシリアさんの手を取り、中指で光っているダイヤモンドを見つめた。透明な石は周囲に媚《こ》びようとも拒否しようともせず、当然のことのように輝いていて、外国の血筋の正しいお姫様のようだった。

「ねーっ、すごいよね」

「デイジーってば、おおげさよ」

「だけど、とってもきれいですよ」

あたしはあまり宝石には興味がなかったし、何より近くでよく見たことがなかった。が、間近で見たダイヤモンドはいままで思っていたような高慢さはなく、確かに大事にしたい気持ちにさせる、価値のあるものだった。

「お誕生日に、葉山《はやま》さんに買って貰ったんだって」

デイジーさんが説明し、セシリアさんは小さく肩をすくめて微笑んだ。

「そういえばセシリアさん、八月でしたよね」

「葉山さん、セシリアのためにボーナス全部つぎこんだんじゃないの」

「やあね、デイジーはいちいちオーバーなんだから」

「いいなあ、彼氏にダイヤを買って貰うなんて女冥利《みようり》につきるってやつだよね。ジュリアはガキ産むっていうし、セシリアは指輪買って貰うし、年を感じるわ」

デイジーさんはソファーに音をたてて凭れ、「幸せな奴」とセシリアさんの腕を叩いた。それからマキさんとエミさんがやって来て、またひとしきり騒いでから練習が始まった。

スタジオに入る時は皆は普段着で、けれども化粧はきちんとしている。無地の白いシャツにミニスカートで、髪をひとつに束ねているセシリアさんも、コットンのギャザースカートとブラウスのエミさんも、格別着飾っているわけではないのに恰好がいい。それは無造作に見えるけれどもちゃんと計算された髪の形や、自分に一番似合う口紅の色や、まっすぐに伸ばされた背骨や脚のせいだ。

メンバーの中であたし一人が、そんな要素で自分を上等に見せる技術を持っていない。それはもしかしたらあたしに責任があるのではなく、年齢に関係することなのかも知れないけれども、結果として表れるのは、いろいろと気を使ってはいるが垢抜けない小娘という形なのだった。

あたしは、太いストラップを肩に喰いこませながらベースを弾いた。口の中に溜まった空気が発酵して、出口を探しながらさも居心地が悪そうに粘膜を押したり摑んだりしていた。

「ちょっと。Bメロのここ、ユーリがいつも遅れるよ」

エミさんが、厳しい声で譜面を指した。

「必ずズレるから、気をつけて」

「……すいません」

「じゃあもう一回」

あたしは自分の譜面を確認して、思わずこめかみを指で押した。あたしの技術と感受性は、やはりメンバーの中で一番劣っている。それは仕方のないことかも知れないけれども、そう言って済まされないのが、仕事で演奏するということなのだった。

二時間練習して、エミさんが、

「少し休憩しようか」

と言った。皆は肩や首をぐるぐると廻しながらロビーに出て、自動販売機で飲物を買い、足を投げ出してソファーに座った。あたしも一番後からついて行ってオレンジジュースを買い、ソファーの端に腰を降ろした。あたしは、眠る時に枕を探すように当たり前に、煙草をポケットから出した。

「ユーリ、本数増えたんじゃない」

エミさんが、さっきとはまるで違う心配そうな顔で、あたしの咥えている煙草に目を止めた。

「ああ、そうですね」

あたしはおどおどしながら煙草を口から離した。他のメンバーのように、楽器を弾いている時とそうでない時の気持ちの切り替えが、上手く出来ない。ミスをして注意されたりすると、少なくともその日中は相手の様子をうかがってしまう。休憩時間や仕事が終わった後は、もう何でもなく接すればいいとわかっているのは頭だけで、身体と心がついていかないのだった。

「学校で歯科検診なんかあったら、まずいよね」

「そう、ですか」

「何しろあっちはプロだからさ。あたしも高校の時『よく手入れしているが、日頃の生活態度が悪い』とか言われて焦ったよ」

あたしは半分ほど喫った煙草をもみ消して、少し笑った。胃のあたりにいた小人が素早く筋肉を駆け上がって、頬の肉をつまんだような笑い方だった。

「何だ、別に止めなくてもいいのに」

エミさんは不思議そうに言ったけれども、あたしは首を振り、残っていたオレンジジュースを一気に飲んだ。氷がコップの中で滑って、唇に玉砂利のような感触で載った。

それからまた二時間練習をして、その後にミーティングが一時間あり、全部終わると十二時を過ぎていた。あたしは電車で帰ることにして、駅に向かって歩き出した。

「ユーリ、帰るの。エミ達は飲みに行くって言ってたよ」

駐車場を横切った時に、ちょうど車を出そうとしたデイジーさんが運転席から声をかけてきた。

「はい。今日はちょっと疲れちゃったから」

「乗りなよ、送ってあげる」

あたしは思わず立ち止まり、

「いいんですか」

と聞き返した。楽器と、譜面をいっぱいに入れた鞄のせいで、身長が少し縮んでしまったような気がしていたので、自分の身体を正確に操作する自信がなかった。

「いいよ、急いでないから」

「駅まででいいです」

「家まで行ってあげるよ。あ、いまは男の所にいるんだっけ」

デイジーさんはごく普通に、

「どこ？　彼氏の家。ここから遠いの」

と聞いた。

「あの、本当にいいです、駅までで。まだ電車あるし、すぐですから」

「遠慮しなくたっていいよ。ユーリの家の方なの」

「……『キューリ』の、ちょっと先です」

「ふうん。あっちの方に住んでるんだ」

デイジーさんは妙に感心し、スタジオの前の広い通りに出た。車はシルバーグレーで車高が低く、いかにも若者向けといった印象だった。デイジーさんは、スタジオや事務所にはたいていこの車でやって来るし、たまにライブハウスにも乗ってくることがあった。

「すみません」

「いいよ、運転するの好きだから」

「これ、デイジーさんのですか」

「マーちゃんのだよ。あたしは車は持ってないし、ここのところ家にもわりと帰ってないから」

デイジーさんの家は湘南《しょうなん》なので、仕事が続くと恋人のマンションに泊まっているという話は、あたしも知っていた。

「デイジーさんの彼氏って、何してる人なんですか」

「ネクタイしてる。普通に働いてるよ。同業者は、マキのところだけだから」

　車が「キューリとミカン」に続く通りに入ると、急に周りにタクシーが増えた。夏休みでも平日のせいか、あとは若い男が運転する車が多い。繁華街を通ると、歩いているのはカップルか酔っ払いだった。

「結構、人が多いですよね」

「ほとんどが遊んでる奴等だけどね」

　赤信号で車を止めると、デイジーさんは窓の方に目をやった。

「あたし達にしてみれば十二時なんてまだ夜で、仕事をしてる時間なんだよね。だけど、カタギの奴等は十二時っていったら完全に夜中だよ。この仕事を始めてから、夜中っていう感覚はなくなったわ」

「ああ、そうですね」

「毎日こんなに遅くまで起きてたら、肌が荒れちゃうじゃないね。あたしなんか、来年は二十五なんだよ」

デイジーさんは少しうんざりして言い、気を取り直すようにハンドルを両手で握った。彼女も、右手の薬指に洒落《しゃれ》たデザインのルビーの指輪をしている。

「デイジーさんの指輪も、彼氏に貰ったんですか」

「うん」

「みんな、してますよね」

「男に買って貰うっていうと、何となくこういう物になっちゃうんだよね。でもいまって、高校生でもティファニー買わせたりするんだってね」

「そういう子も、います」

大きなスクランブル交差点を過ぎると車線が少なくなり、路上駐車の車がずらりと並び出す。信号を三つほど越えると、反対車線に面したビルに「キューリとミカン」の小さなネオンサインが見えた。

「まだまっすぐ?」

「はい」

あたしとデイジーさんは、同時にちらりとそのネオンサインに目を走らせた。もうライブは終わっている時間で、きっと何組か残った客が、散らかったままのフロアを気にもせずに飲んでいるのだろう。そして三原さんは、よく光る金属でできたセロリのような姿で、入口に近いテーブルに座っているのだろうとあたしは思った。

フジシマのアパートの近くで車を停めて貰い、デイジーさんにお礼を言って降りた。デイジーさんは帰り際に、

「彼氏によろしく。今度連れておいでよ」

と言って唇の両端を曲線にして笑い、前を向くと小さな欠伸《あくび》をひとつした。彼女の車が低くて太い排気音であたりの空気を殴りつけながら見えなくなると、あたしは神社の杉の木を見上げて、食べ物を吐き出すような溜息をついた。

アパートに入ると、フジシマはテーブル一面にばら撒いたポテトチップを食べながら、ウォッカを飲んで待っていた。

「お疲れ。飯あるぜ」

テーブルの足許に、発泡スチロールのパックに入った弁当が二つと、オレンジが五、六個転がしてあった。彼は朝鮮人参《にんじん》のような指で煙草に火を点け、あたしに向かってライターを放り投げた。あたしは立ったまま煙草を咥え、フジシマの隣りに座ると、彼のセーターに鼻を押しつけて匂いをかいだ。

「本当に、疲れちゃったな」

フジシマのセーターは、撚《よ》られた糸の間にびっしりと灰が詰まっているのではないかと思えるほど、ざらついた匂いがした。そしてそれに混じっている彼の匂いが届くと、下顎からは舌で汲み取れるほどの唾液《だえき》が湧くのだった。フジシマは一瞬怪訝そうな顔をしたが、朝鮮人参の指に煙草を挟んだまま、あたしの頭を丁寧に撫でた。

「あんまり無理しなくていいんだぜ」

「無理はしてない、はずだよ」

過ぎるたびに突風を起こしていた時間の流れが、一気にシフトダウンして緩やかになった。あたしはようやくゆっくりと呼吸する余裕を与えられ、彼の平らな胸に掌を当てた。

「とにかくさ、飯食おうぜ。腹減っただろ」

「待っててくれたの」

「そういうわけでもないけどね。弁当買ったから、麦茶冷やしといた」

「ありがとう。フジシマ・ダイナマイト・ティーだね」

「残念だけど、俺が作ったんじゃないんだ」

　フジシマがテーブルの上を片付けて食事の用意をしてくれるのを、あたしは壁に凭れてぼんやりと眺めていた。

「レタスあるけど、食うか。食うんだったらサラダ作ってやるよ」

「本当？」

「ああ。ちょっと待ってろ」

あたしは足を投げ出して煙草を喫いながら、台所で仕事をする彼の後ろ姿を見た。フジシマはビールの空缶に吸殻を捨て、鼻歌を歌いながら冷蔵庫からレタスを出し、静まり返っているアパートに遠慮する様子もなく、景気よく水を流して洗った。

「あのさあ」

　背中を向けたまま、彼が怒鳴った。

「マヨネーズないんだけど、ドレッシングでいいか」

「うん」

「もう出来るよ」

　がちゃがちゃと何かをかき混ぜる音がして、フジシマは大股《おおまた》で戻って来た。あまり新しくない白いボウルに、レタスと缶詰のツナと貝割れ大根が適当にきれいに盛られている。

「喫茶店のサラダみたい」

「元プロだからな。たいていのものは作れるんだぜ」

「じゃあ、茶碗蒸しと筑前煮《ちくぜんに》」

「お客さん。そんなもん、飲み屋にはねえですよ」

フジシマは最後に麦茶のペットボトルを運び、あたし達は並んで座った。

「いただきます」

「お待たせ」

発泡スチロールの容器に入った弁当は完全に冷たくなってはいなくて、ご飯は口の中に入ると、思い出したように温かさを舌に伝えた。フジシマはあっという間に弁当を食べ終わり、雑種の犬のような横顔で麦茶を飲み干した。

「食べるの、早いね」

「昔の癖っていうのもあるけどさ、やっぱり一人でずっと暮らしてると、食うのなんかは早くなるよな」

「ふうん」

「でもさあ、こんな弁当でも、人と食うとうまいよな」

フジシマはあたしの方を向き、吐き出す息と一緒に少し笑った。あたしはそれを見て、天気のいい日に散歩に連れて行って貰った犬は、きっとこんな顔をするのだろうと思った。


翌日、いつも通りに昼過ぎに起きたあたし達は、洗濯をした。それから冷蔵庫を開けると、ミネラルウォーターがなかった。

「お水ないから、買いに行ってくる」

「何だ。言えば用意しといてやるぜ」

「うん、ありがとう。でも、見たい雑誌もあるし、行ってくるね」

「俺も行く」

テーブルの前に寝そべっていたフジシマは、勢いよく跳ね起きた。彼が部屋の鍵を持ち、あたしは自分の鞄に財布を入れた。

「今日は、仕事ないのか」

「事務所に寄ってから、池袋《いけぶくろ》のちょっと先のライブハウスに行くことになってるんだ」

「表参道《おもてさんどう》と池袋じゃ、全然反対じゃねえか」

「面倒だけど、もう慣れた」

フジシマは、ところどころ革が擦れてささくれ立っているスニーカーを履き、ドアの鍵をかけた。いままで一緒に出かけたことがなかったので、彼が戸締まりをしているのを見るのは初めてだった。服についた埃を払うような何げない動作でノブを廻す彼は、身体中の血液がくまなく成人していた。

アパートの前の道を駅に向かって歩いていくと、交差点の先から五、六人の子供が徒競走のように駆けて来て、興奮した声で騒ぎながらフジシマを取り囲んだ。あたしは、自分の脚ほどしかない子供達の塊がイナゴの群れのように見えて、思わず首筋に力を入れた。

「フジシマだあ」

「フジシマだあ」

子供達は嬉しそうに叫んで、彼の太腿や背中を胡桃《くるみ》のような小さな拳で叩いた。フジシマはイナゴの群れにまとわりつかれても機嫌よく笑い、握り拳をいちいち掌で受け止めている。

「おまえらなあ、フジシマフジシマって、気安いんだよ」

「だってフジシマって言うんじゃんか」

「俺は大人なんだから、ちゃんとフジシマのお兄ちゃんって言えよな」

「やだよ」

「このガキ」

フジシマはその男の子を摑まえて、身体中をくすぐった。子供は歓声を上げてフジシマの足を踏みつけ、彼を見上げて口を顔の半分以上開けて笑い転げた。

「どこに行ってたんだよ」

「プール」

「おかあさんは」

「いるよ。後から来る」

フジシマは子供の脇の下を摑んだまま、前屈みになってきちんと相手をしている。

彼の表情はあたしの知らない種類の笑顔で、それは上等の柑橘類《かんきつるい》のようだった。

「ねえねえ」

黄色いスカートをはいた女の子が、後ろからフジシマのパンツを引っ張った。

「何だ」

「この人、彼女？」

女の子があたしを指した。あたしは不意をつかれて、首筋を硬くしたまま声も出せなかったが、フジシマは大人と話しているように平然とうなずいた。

「そうだよ」

「エッチ！」

「フジシマのエッチ！」

子供達は食器棚が倒れたような勢いで騒ぎ出し、あたしは思わず赤くなった。フジシマは上体を捩って女の子の頭を押さえ、艶《つや》のある髪の毛をくしゃくしゃと撫でた。

「何でエッチなんだよ、バカだな」

「だってエッチなんだもん。キスしたー？」

「当たり前だろ、彼女なんだから」

彼はふと顔を上げ、耳の中まで赤くなってどぎまぎしているあたしに気がつくと、珍しそうに首を少し傾げた。

「何を照れてるんだよ」

「だって」

「近所のガキどもだから、気を遣わなくていいんだぜ」

「そういうんじゃなくて……」

「キスしてよー」

　あたしの言葉を遮って、子供が明瞭に言った。大きな声に身体を固く縛りつけられ、あたしは呼吸もできないで立ちつくしていた。両方の目だけが盛んに瞬きを繰り返し、そのせわしなさに嫌な気持ちになり始めた時に、向こうから母親の集団がやって来るのが見えた。

「キスしてよー」

　子供がもう一度せがむと、フジシマはあっさりと、

「いいよ」

　と答え、堂々とあたしの肩に手をかけて抱き寄せた。

「ちょっと」

「ん？」

フジシマは句読点を打つ程度に聞き返し、あとは構わずに顔を寄せると、いつもと同じように目を閉じてあたしの唇の間に舌を差しこんできた。彼の顔の上半分は優しく、下半分は傲慢だった。太陽がピンスポットになってあたし達を探し、囃《はや》し立てながら移動して力強く照らしたように感じられた。子供達の母親が慌てふためいてばたばたと走る音が聞こえ、フジシマはようやく唇を離した。

「いいだろ」

彼は目玉を完全な円にして見入っている子供達に向かって言い、あたしの口紅が移って血が出たような赤い唇でにやりと笑った。

「おまえらも、大人になったらいい女を探せよ」

やっと追いついてきた母親達はあたしとフジシマを攻撃的に睨みつけ、それぞれに自分の子供を抱えるようにしてそそくさと離れていった。子供達は母親の身体に密着するとそれまでの調子に戻り、

「ばいばーい」

と振り向いてフジシマに手を振った。フジシマは片方の膝を少し曲げてくつろいで立ち、

「またな」

　と軽く手を挙げた。彼の横顔は、定規で引いたようなまっすぐな鼻と唇がいつもより目立っていた。あたしは鞄を握りしめて、アスファルトに目を落とした。恋人と街を歩いている時に偶然父親の上司に出会ったように、心臓が居心地悪く動いていた。

「行こうぜ」

　フジシマはあたしの肩に手を廻し、自分の身体の一部のように自然な動作で並んで歩き始めた。彼の腕は少し汗ばんでいたけれど、それはあたしを抱いた後のものよりも密度が濃く、粘りついていた。あたしは彼を見て、唇を親指で拭った。

「口紅がついてるよ」

「色男のステイタスだな」

「ねえ」

「何だよ」

「お母さん達、すごい顔で睨んでたね」

「いつものことだよ。だいたい、母親には嫌われるんだ」

　フジシマは歩きながらポケットからガムを出し、あたしにも一枚くれた。

「でも、あの子達には人気があるんだね」

「昔から、何か知らないけどガキと犬にはなつかれるんだよ。だから俺、子供と犬には親切なんだぜ。あ、勿論女にも優しいんだけどさ。そういう時だけはモラリストになるんだ」

「フジシマのモラルって、働きもせずに道端で女の子とキスすることなんだ」

「こいつ、首しめるぞ」

あたし達は身体をぶつけ合って笑い、冷房の効いたコンビニエンスストアに入った。フジシマが赤い籠を持ち、あたしはその中に音楽雑誌とミネラルウォーターと、洗顔フォームと菓子パン二個と牛乳を放り込んだ。彼は呆れ顔で、

「たくさん買うんだな」

と言いながらコーラを一本だけ入れ、レジでお金を払ってくれた。あたしは彼の後ろに立って、店員が品物を袋に入れるのを、何かとても珍しい行事でも見るように眺めていた。フジシマがパンツのポケットから出した黒い財布は軽そうで、ちょうどバスの回数券を入れたほどの厚みしかなかった。

店を出て、あたしは品物の詰まったビニール袋をぶら下げているフジシマに、

「どうもありがとう」

と言った。

「変な奴だな、改まって」

「だって、全部あたしの物なんだもん」

「俺もコーラ買った」

「それだけじゃない」

「いくら貧乏してるからって、これくらいは出してやれるよ。あそこの家賃だって、毎月払ってるんだぜ」

「色男なだけじゃなくて、甲斐性もあるんだね」

あたしは浮き浮きして、フジシマと手をつないで歩いた。二人で買い物をするのは初めてで、その代金を彼が払ったことがあたしを楽しい気持ちにさせた。

「昔、小さいクラブで働いてた頃なんだけど、そこにハコで入ってたシンガーのお姉さんに、女に金を使わない男は最低だって教わったんだよ。俺、まだ若かったからすごいインパクトあってさ、それからは稼ぎのほとんどは女に注ぎこんでるんだぜ」

「ふうん」

あまりピンとこなかったけれども、昨日のセシリアさんの指輪を思い出すと、頭の中のひとかたまりがぼんやりと納得した。

「だから皆、ダイヤとかルビーとか買って貰うのかな。手っ取り早くて、値段が高いもんね」

「皆って?」

フジシマが真剣に聞き返した。

「メンバー。お誕生日とかクリスマスに、たいてい彼氏に指輪を買って貰ってるよ」

「そういえばさ、俺、ユーリに何も買ってやったことがないよな」

「いま、これを買って貰った」

あたしは、フジシマが反対側の手に持っているコンビニエンスストアの袋を指した。

「こんなの、必要な物ばっかりじゃねえかよ」

「でも、お金を出して貰ったことには変わらないよ」

「ユーリは、時々子供みたいなことを言うんだよな。いまどき、高校生だってそんな可愛いことは言わねえぜ」

「そうかな」

あたしはぎくりとして横を向き、民家の庭の花を見ているふりをしながら、口の中で舌を上下の歯で挟んだ。

「ユーリの誕生日って、いつなんだ」

フジシマは、あたしと手をつないだままパンツのポケットから煙草を出し、歩調を変えずに上体を少し折り曲げて火を点けた。

「あたしは、一月だよ」

「ずいぶん先だな」

「フジシマは」

「俺は十一月なんだ」

「ずいぶん先だね」

「まあな」

フジシマは目を伏せておかしそうに笑ったが、すぐに真面目な表情になり、それからはずっと、何か考えているように黙って歩いた。

アパートに戻り、あたしは牛乳を飲みながら菓子パンをひとつ食べ、フジシマは「俺はいらない」と断ってコーラだけを飲んだ。

「帰って来るまで、何も食わないのか」

「うん。時間があったら、ちょっと食べるかも知れない」

「なかったら？」

「なかったら、そんな暇ないよ。ＯＬじゃないんだから」

腕時計を確かめて立ち上がり、流しで顔を洗って歯を磨いた。ガラス窓の前には、あたしの化粧水や乳液や歯ブラシが、買った時からそこにあったような様子で並んでいる。あたしの道具の方が多いので、フジシマの電気剃刀《かみそり》は隅に追いやられていた。

テーブルを一番日当たりのいい場所に移動させて、あたしは化粧を始めた。中が三段になっている釣り道具箱を広げ、気に入っているイギリスの古いバンドのＣＤをかけて、ファンデーションを注意深く伸ばしていく。すると、あたしの眉毛は描く前から角を作って上がり気味になり、両方の目も、戦車に積まれている大砲のように、鏡の中の自分に照準を合わせるのだった。

「何か、手伝おうか」

灰皿とコーラを持って部屋の端に移動していたフジシマが、のんびりと尋ねた。

「大丈夫」

「今日も遅いのか」

「それほどでもない。二時くらいには帰れると思う」

「飯、どうする」

「わからないから、先に食べてていいよ。もしかしたら、何か食べてくるかも知れないし」

あたしは鏡に向かったまま言い、片方の瞼を薬指で引っ張り上げてマスカラをつけた。瞬きを我慢して、睫毛の一本ずつをマスカラのブラシでなぞり終えてふと横を見ると、フジシマは頬杖をついて笑い終えた後の顔をしていた。

「どうしたの」

「いや、本当だったらさ、男が働きに行って女が待ってるはずだろ。俺とユーリは反対だよな。俺が飯どうするとか聞いてて、ちょっとおかしかったよ」

「そうだね。そうだよね」

あたしは金色のマスカラのキャップを閉めて、思わず溜息をついた。学校の宿題も、親や弟やクラスメイトも、安価な文房具やオーデコロンや白人の少女のモデルが出てくる雑誌も、竜巻で剝ぎ取られたように遠くに飛ばしてしまっている。十六歳の誕生日をずっと先に待たせているあたしは、ろくに働きもしない薄汚い酔っ払いと狭いアパートと、楽器とバンドのメンバーと仕事を背負って、アクセルを全開にしていられる時間を一秒でも長くすることばかりを考えて、走り続けている。

「何か、疲れる生活だよね」

あたしは鏡に映っている自分の顔に、野良犬に話しかけるように呟いた。生活が不規則な人間に特有の、青と黄色が筆で雑に混ぜ合わされたような肌の色は、ファンデーションで押し潰されて一斉に首に降りてきている。頬骨の下が自分でもわかるくらいに窪んでいて、手を当てると顎の骨の下に親指が隠れた。

もう一度溜息をつき、諦めてミネラルウォーターを一口飲んだ。ストローを咥えてフジシマを振り返ると、彼は顔の横で掌を振った。

「元気出せよ。帰るまで待っててやるからさ」

「サンキュー」

鏡に向き直り、昔のドイツ映画の女優と同じ形に唇を作った。鉄と血液が混じったような色の口紅が、あたしを無愛想な働く女に変えた。あたしは顎を上げて鏡の中を睨み、釣り道具箱の蓋を閉めた。

楽器と荷物をまとめて、

「じゃあ、行ってくるね」

と言うと、フジシマはあたしを見上げて鳩のような丸い目で、

「気をつけろよ」

と答えた。黒く艶のある彼の瞳は杏《あんず》にも似ていて、あたしは本当にそれを食べた時のように口の中の粘膜からさらさらとした唾液が湧くのを感じた。するとまるで心臓がその唾液を絞り出したように軋んで痛み、あたしの身体は素早くその痛みを捉えて眉をしかめさせた。

「どうした」

フジシマは立ち上がり、あたしの頭の頂上に掌を置いた。あたしは彼の肩の骨に頬を当ててた。木綿のTシャツはフジシマの匂いがした。たまらなくなって彼の肩口を噛むと、フジシマは文句も言わずにあたしの後頭部を撫で、もう片方の腕であたしの胴を抱いた。

「行きたくない」

あたしは、自分の言葉が耳に届いた時にようやくその意味を理解して、背中を強張《こわば》

らせた。自分の身体で冷静なのは受身の機能の耳だけで、頭ではなく神経が声を支配してしまったことが、あたしをひどく怯えさせた。あたしはフジシマに抱かれたまま、ベルが鳴る直前の目覚し時計のように緊張して立ち竦んだ。

「そうか」

フジシマはそれだけ言い、しばらくあたしの身体を両方の手で静かに撫でていた。彼の指の骨の感触までがはっきり感じられて、あたしはフジシマに凭れかかった。

「とりあえず、頑張って行ってこいよ。帰って来たら、いいことがあるからさ」

「うん」

あたしは唾を呑みこみ、フジシマの肩に頰を擦りつけた。彼のTシャツには、白粉が埃のように付着していた。あたしはフジシマの微かに盛り上がった胸の匂いをかぎ、彼の心よりも身体が恋しいのかも知れないと思った。

ライブが終わって、いつも通り皆はスタッフと飲みに行くけれど、あたしは、

「今日は早く帰らなくちゃいけないですから」

と嘘をついて断った。エミさんは真赤な口紅をティッシュペーパーで少し押さえながら、

「家に帰るの」

と何げなく尋ねた。

「いえ、そうじゃないんですけど」

「ふうん。まだ彼氏の所にいるわけだ。よく続くねえ」

あたしは何も言わずに、頭を下げて自分の荷物を担いだ。ステージは不出来ではなかったけれども、筋肉と内臓の代わりに鉄の塊が詰まってしまったように、身体の中が重かった。

「ユーリって、まだ高校生じゃない。相手の男と喧嘩しないの」

「付き合い始めたばっかりですから」

「でも、一緒に住んでるんでしょ」

セシリアさんが言うと、あたしが答えるより先に、デイジーさんが何度も大きくうなずいた。

「普通、高校生っていったら彼氏とバリバリ喧嘩するよね。この子、変に大人になっ

ちゃったのかな」

「そういうところがちょっとかわいそうだよね。あたし達みたいなのと、やくざな商売やってるせいだよ、きっと」

エミさんが手を伸ばして、肩にかけた鞄に引っ張られて広がった襟許を直してくれながら、思慮深いウサギのような目であたしを見た。

「悪いね」

あたしは首を振り、

「お先に失礼します。お疲れさまでした」

とだけ言って楽屋を出た。チェルシー・ガールのオーディションを受けたのも、バンドに参加してベースを弾いて金を稼ぐことに決めたのも、全部あたしなのだった。

まだ電車が動いている時間だったので、私鉄とJRを乗り継いでフジシマのアパートに戻った。サングラスをかけて電車の扉に寄りかかっていると、ジーンズのミニスカートを穿いた大学生くらいの女の子達が、

「チェルシー・ガールのベースの人」

「えーっ、電車に乗ってる」

と、遠くから指さし、ひそひそと話し合った後、どっと笑った。向かい側の座席の、派手なワンピースを着た若い女は、彼女達とあたしを交互に見て、あからさまに軽蔑した表情になった。あたしは、水彩絵の具で塗り潰したような外の景色が、ガタガタと重そうに走っていくのを眺めていた。サングラスが、耳に喰いこんで痛かった。

駅から二十分ほど歩いてアパートに辿り着くと、フジシマはいなかった。あたしは楽器と鞄をコンクリートの通路に置いて、ドアを何回か拳で叩いた。が、中からは何の音も返ってこなくて、通路に面した窓も上から下まで同じ闇の色だった。

前に教わった通りに、庭に廻って植木鉢を探した。雑草がおかまいなしに茂っている上に、酒の瓶やビールの空缶がいくつも放り出されていて、肝心な物がなかなか見つからない。ふくろうでもないのに夜中の草むらをあちこちかき分け、手を土だらけにしてやっと赤ん坊の帽子くらいの植木鉢を見つけ、中から鍵を出した。

ようやく部屋に入り、あたしは一人で、

「ただいま」

と言った。テーブルやクッションやテレビが、黒い塊になって見えていた。部屋の空気は人間の呼吸ほども動かず、堂々とあたしを無視した。あたしは氷の上に乗るように恐る恐る台所の板の間に立ち、様子をうかがいながら電気を点けた。このアパートに来て、電気を自分で点けるのは初めてだった。

汚れた手を石鹸《せっけん》で洗い、テーブルの前に両方の膝を抱えて座った。テレビをつけることも冷蔵庫を開けることも許されないような気がして、あたしは遠慮して身体を縮めていた。

しばらくじっとしていると、自分の顔に眉毛があることをわからされた。二本のそれは鼻に向かって寄り、指で押さえると皮膚を余らせて太い皺を作っていた。あたしはきっと、さぞかし困った顔をしているのだろうと思って、助けを求めてあたりをうかがった。窓の側に、脱ぎ捨てられて生地屋の段ボールの底の布のようになった、フジシマのシャツがあった。

あたしは、フジシマのシャツを抱きしめた。頼りない感触の白い布は、彼の身体を薄く剝ぎ取って混ぜこんでいるような匂いだった。壁に寄りかかって、シャツに顔を埋めた。すると、タオルや化粧品の手触りを思い出すよりたやすく、フジシマの身体を掌に感じることが出来るのだった。

あたしは彼のシャツと一緒に、ネズミのように丸まっていた。簡単な家具や蛍光灯や壁が、急に大きくなってあたしを見おろしていた。レールの隙間に砂が溜まっているガラス窓でさえも、デパートの入口のドアのように強情に立っていた。目を閉じて、シャツを酸素ボンベにして呼吸をした。息をするたびに、筋肉の内側にこびりついている錆《さび》が落とされて、静かに消えていった。

突然、ばたばたと慌ただしい靴音がして、入口の扉が乱暴に開いた。扉は開けられた途端にその存在を忘れられ、抗議するように大きな音をたてて閉まった。

フジシマは扉に背中を押しつけ、ひとかかえもある花束を握りしめて、必死で息をしていた。あたしに気がついても何も言えず、喉につかえた塊でも吐き出そうとするように青い顔で下を向いて、あたりの空気を手当たり次第に身体に取りこんでいた。

シャツを置いてとんで行くと、彼はやっと、

「水くれ」

と掠れた声で言った。コップに水を汲んで渡すと、大丈夫かと思うほど頭を反らせて一気に飲み干し、進化に取り残されて獣のままでいる荒い声で低く唸った。

「大丈夫？」

「ああ」

フジシマは肩を上下させて息をつき、やっと我に返ったようにブーツを脱いだ。

「すげえよ、あの花屋の小僧。五百メートルは追っかけてきたぜ。最近はしつこい奴が多いよな」

彼は怒っているのか感心しているのかわからない激しい口調で言い、花束を持ったままテーブルの前に座った。よそよそしかった部屋の空気が泡立器で優しくかき混ぜたように柔らかくなり、あたしはようやく安心して、彼に身体をくっつけて座った。

「きれいだね、誰かのプレゼント?」

「ユーリに。ちょっと早いけど、誕生日のお祝いだよ。いいことあるって言っただろ」

フジシマは、花束をあたしに突きつけた。くしゃくしゃになったセロファンに包まれて、黄色のチューリップが目で確かめられるほどの香りをふりまいていた。あたしは花束を受取り、途惑って彼を見た。

「どうして」

「どうしてってこともないんだけどさ。まだあるんだぜ」

フジシマは得意そうに笑い、パンツのポケットに手を突っこむと何か取り出し、あたしの顔の前で拳を開いた。掌の真中に、小さな銀色の指輪がひっそりと座っていた。

「わあ」

「可愛いだろ」

「うん」

あたしは指輪をつまみ上げ、花束を抱え直して右手の薬指に嵌《は》めた。それは強く引っ張ると切れそうな細い知恵の輪に似ていた。あたしは少しの間指輪をした手を見つめ、女優達がよくやるように彼のほうにかざした。

「いいね」

「だろ」

「どうもありがとう。だけど、どうして急にくれることにしたの」

「だから、どうしてってこともないんだけどさ。ただ、何かあげたいってちょっと思ったんだ」

フジシマは横を向き、鼻を指で擦った。目のあたりは困っていたけれども、口許が嬉しそうに緩んでいたので、あたしは彼の頰を唇で軽く押した。

「本当に、どうもありがとう。真夏にこんなにお祝いして貰って、最高の誕生日だよ」

「やっぱりさ、ユーリはチューリップだよな」

「そうかな」

「そうだぜ」

「だけど、こんなにたくさん、高かったんじゃないの」

フジシマは顎を引くようにして何度かうなずき、立ち上がって台所からウイスキーとウォッカとコップを二つ持ってきた。

「そうなんだよ。俺、花なんか買ったことがないから相場を知らなくてさ、焦りまくったよ。結局、金を出すふりして花屋のオヤジからもぎ取ってきたんだ」

「えーっ」

「いやあ走った走った。オヤジ相手だったら楽勝だったのに、奥から小僧が出てきて追っかけてくるんだから反則だよな。汚ねえと思わないか」

「これ、かっぱらってきたの」

「こら。女がそういう言い方するもんじゃないよ。貰ってきたとか、あるだろもっと上品な表現が」

フジシマはウォッカを飲みながら、呆れているあたしに涼しい顔で注意した。あたしは花束を眺め、ふと気がついて指輪をした手を彼の方に差し出した。

「これも、そう?」

「まあ、そういうことだな」

「そうだよね。リボンとか、かかってなかったもんね」

「ちゃんと箱に入ってないと嫌なのか」

あたしは機嫌よく笑い、首を振った。

「全然。フジシマがあたしにくれようと思ったことには変わらないし」

「でも、それはもぎ取ってきたんじゃないぜ。気がつかれないように、そーっと持ってきたんだ」

「大胆だね」

「生活の糧だからな。真剣なんだぜ」

フジシマは「腹減ってないか」と尋ね、また台所に行って昼間の菓子パンの残りと小さな箱に入ったビスケットを取ってきた。あたしは菓子パンを二つに割り、片方を彼に渡した。

「もしかして、かっぱらいで暮らしてるの」

「たまには働くさ」

「盗品を売りさばいてブローカーとか言ったって、そういうのは働いてるうちに入んないんだよ」

フジシマは楽しそうに笑って、あたしのこめかみを肘でこづいた。

「バカ言え。公園の芝刈りとか道路工事の手伝いとかビルの掃除とか、プロ並みの技術はいくらでもあるんだぜ」

「プロとプロ並みって、似てるだけで全然違うんだよ。やっぱり、職業は万引きだね」

「あ、バーテンだって出来るぜ。オリジナルのカクテルが三つもあるんだからな」

「プロと元プロっていうのも、同じようだけど違うね。昨日の牛乳と、三週間前の牛乳みたいなもんだよ」

「まったく、口うるせえ女だな。カツアゲしないだけでも、プライドあると思えよ」

「それは確かに、そうだね」

あたしは、半分ほどに減ったウイスキーの瓶を摑んで廻しながら尋ねた。

「これもかっぱらった、じゃなくて貰ってきたんだ」

「服の中に隠せる物は楽だよな。それでも俺、勝率いいんだぜ。本当に袋叩きにされたのなんか、二、三回だしさ」

「この間の怪我って、それ？」

「まだ憶えてたのかよ」

あたしはフジシマの横顔を盗み見て、それから床に視線を落とした。あの時、あたしのためのひしゃげた夕食は、ざらついた砂の味が混じっていた。

あたしは、もう一度彼の顔を見た。エスカレーターの手すりのような斜めの顎の骨をあまり艶のない皮膚が覆い、更にその上に細かい髭が丹念に生えている。奥歯がしまってあるあたりには、短い古びた傷があった。

「あのさあ」

フジシマが、考え考え言った。

「何」

「あれ？　何て言うんだっけか……幻想じゃなくて減退じゃなくて、あれだよ」

「あれじゃわかんないよ」

「きれいなお姉ちゃんのパンツが汚かったりするとさ……思い出した。幻滅だ」

「ふうん。パンツは汚いけど顔がきれいなお姉さんを知ってるんだ」

「ものの例えじゃねえかよ。かっぱらいで、幻滅したか」

あたしは自分で水割りを作り、フジシマのコップにウォッカを足した。

「別に。第一、あたしだって飲んでるんだから、偉そうなことは言えないよ」

フジシマは、勢いをつけて納得した。

「そうだよな。共犯ってやつだよな」

「それはちょっと違うと思うけどな」

「だいたい、ガキの頃から走るのは速かったし、天職だよ。それにユーリが来てから酒の減り方も早いしさ、ますます仕事熱心になったよ」

「かなり違うふうになってきたみたいだよ」

「本当だぜ」

フジシマは真面目に言い、いままでで一番長い溜息をついた。走って疲れたのか、それとも別の理由なのかはわからなかったけれども、どちらにしてもあたしのせいのような気がしたので、あたしは喫っていた煙草を灰皿に捨てて花束に鼻を近づけた。

「いい香りがする」

「よく似合ってるぜ」

「貰ったから言うんじゃないけど、あたしはチューリップが一番好きだな」

「だから、ユーリはチューリップだからだよ」

フジシマは頬杖をついて、横顔であたしを見ていた。彼の顎と掌は、汗で貼りついている。

「本当は薔薇《ばら》にするつもりだったんだけどさ」

「どうして」

「数えてみろよ」

あたしはわけがわからないまま、片方の手でそっと花をかき分けながら数えた。黄色のチューリップはおめでとうおめでとうとささやきながら、利発そうに首を振っていた。二十本あった。

「すごいね。こんな数、貰ったことがないよ」

「女の誕生日には、薔薇の花を年の数だけやるもんなんだってな」

フジシマはウォッカの入ったコップを見ながら真剣に言い、ゆっくりとした動作であたしの方に向き直った。

「俺、いままで普通の女と普通に付き合ったことなんかなかったんだよ。だから、すげえくだらねえとは思ったんだけど、とにかくこういうのを喜ぶって聞いてたから、そんなもんなんだろうなってさ」

「うん」

「だけど、花屋に行ったらこっちの方がユーリに似合うような気がしたから、ついチューリップって言っちゃったんだ」

「うん」

「今度、ちゃんと働いて稼いだ時に薔薇を買ってやるよ」

「うん」

あたしは何も言えなくて、じっとチューリップを見つめていた。つるりとした花びらは、小さい頃に親と行った高級なレストランのテーブルクロスを思い出させた。そしてなだらかな曲線は、中に何かとても大切なものを包んでいるように見えて、あたしを静かな気持ちにさせた。

「どうもありがとう。最高に嬉しい」

「どういたしまして」

ろくでもない酔っ払いは、丁寧に答えて微笑んだ。何日でも平気で風呂に入らないでいようとするこの万引きは、ロックバンドで働くあたしを普通の女だと思って、似合いもしない花束を握りしめて何百メートルも走ってきたのだ。

あたしは目を閉じて花の周りの空気をいっぱいに吸いこみ、惜しみながら吐き出して酒を飲んだ。そしてまた花の香りを身体の中に取りこみ、奥歯が溶けてしまいそうに甘くなった口の中に酒を注いだ。そうやって飲んでいると、季節が春に戻って野原で遊んでいるような気持ちになった。

「何だか『幸せ』っていう字が頭の上に浮かんでるような気がする」

「ウイスキーをガバガバ飲みながら、そんな可愛いことを言うなよ」

フジシマはおかしそうに言い、掌であたしの頭を撫でた。あたし達は顔を寄せ合ってお互いの下唇を噛んだ。彼の唇はあたしが飲んでいる酒とは違う味がして、下の前歯の内側で混ざり合って奇妙な味になった。

「なあ、何か気がつかないか」

フジシマは唇を親指で拭い、そこに移動した口紅をティッシュペーパーに擦りつけた。

「何が」

「だってさ、年の数だけやるんだろ。どうして二十本なんだよ。いま二十一だったら、二十二本のはずじゃないか」

「お金が足りなかった」

あたしは花びらを指先でなぞりながら、首を振ってテレビの上にある時計の方を向いた。仕事の時にいつも持ち歩いているあたしの小さな青い目覚し時計は、二時を少し過ぎていた。フジシマはあたしをちらりと見て、動いた軌跡が目で確かめられるほど遅い速度で反対を向いた。

「二十一なんて嘘だよな」

「うん」

「十九ぐらいなんだろ」

「はずれた」

あたしは彼の方を向いて、出来るだけ可愛く笑った。年のことででも嘘をつき続けているのは彼に悪いと、ずっと気になっていた。本当のことを言う機会が、とてもいい形で自然にやってきて、あたしはもう一度ティーンエイジらしく笑ってみせた。フジシマは意外そうに首を傾げ、ハツカネズミのような丸い目であたしを見た。

「おまえ、本当はいくつなんだ」

「このチューリップ、四本も多いよ。得しちゃったな」

「何だよ、どういうことだ」

ガン、と硬い音がして、あたしは思わずフジシマから身体を引いた。彼が自分のコップの底をテーブルに叩きつけた音だった。コップの中が荒れた海になり、津波になった酒が左右に激しく揺らいでこぼれた。肩で顔を庇うようにして恐る恐るフジシマを見ると、彼は太い木のように動きのない顔で、目玉と唇だけを細かく震わせていた。

「ユーリ」

「どうしたの」

あたしは一気に動揺して、ひどく優しい声を出した。

「おまえ、いま十五なのか」

「……うん」

「まだ子供じゃねえかよ。学生か」

「高校、一年生」

「冗談じゃねえよお。何でついて来たりしたんだよ」

フジシマはウォッカを一息で飲み、両手で額を押さえた。彼の背骨と肋骨と腕の骨が、泣きながら皮膚を突き破りたがっていた。あたしはフジシマに近づくことも離れることも出来ずに、彼と呼吸を合わせていた。彼のペースは遅く、次第にあたしの肺は苦しそうに喘ぎ始めた。

「帰れよ」

自分の胸に手を当てて呼吸をしていると、フジシマがテーブルに向かって言った。彼は片手で額を押さえたまま、手探りでウォッカをコップにゴボゴボと注ぎ、また一息で飲み干した。

「聞こえないのか、帰れって言ってるんだよ。オヤジとオフクロが心配してるぜ」

「十五歳だと子供だから、相手にしたくないの」

あたしは彼の剣幕にすっかり怖気づいて、弁当箱の一番隅の漬物になったような小さな声で尋ねた。

返事の代わりにあたしのオイルライターがテーブルの向こうに飛んで、ケースから出して立てかけてあったベースのヘッドに当たった。あたしは花束を放り出して楽器に飛びつくと傷がつかなかったか確かめ、何でもないとわかると急に悲しくなった。こんな時でも真っ先に商売道具の心配をするようでは、不恰好な背広を着て働き続ける中年のワーカホリックと、何の変わりもない。

「ねえ」

あたしはベースのヘッドをいたわるように押さえて、飼主の様子をうかがう犬になっていた。フジシマは初めて会った時と同じように背中を丸めて勢いよく酒を飲み、振り向きもせずに煙草の箱を投げてきた。それから続けざまに、口紅とカセットテープが三本飛んできた。けれどもそれらはずっと離れた壁にぶつかり、あたしは彼が攻撃するつもりではないのに気がついた。

「ねえってば」

「うるせえな」

「いきなり帰れなんて言われたって、納得出来ないよ。年をごまかしてたのが、そんなに悪いことなの」

「子供がいっぱしの口をきいてんじゃねえよ」

フジシマはあたしを見ようともせずに、この上なく不機嫌に言った。

「子供子供って、そのへんの小娘と一緒にしないでよ」

あたしはスイッチを入れたストーブが赤くなるように、緩やかに苛立っていった。

彼があたしから顔をそむけていることや、いつも以上に早いペースで飲んでいることや、吐く息が目で見えるほど震えていることを、整理して判断する力もなかった。ただ、彼が何も言わないのがたまらなかった。

「シカトこいてんじゃねえ！」

あたしは自分でもびっくりするほどのヴォリュームで怒鳴り、テーブル越しにフジシマを殴った。あたしの拳が当たった瞬間、彼は瞬きをひとつした。あたしはテーブルに身を乗り出して彼の胸ぐらを摑み、錆ついて開かないドアのノブを引っ張るようにあるだけの力で揺さぶった。フジシマは頼りなく動いたが、首だけは頑固に斜めを向いていた。

あたしは左手で彼のTシャツの襟を摑んだまま、右腕を思いきり振って彼の頰骨の下を殴った。二回続けて同じ所を殴りつけ、手を放した。頭の中も顔の皮膚も筋肉も内臓も熱くしていたけれども、自分でもどこにあるかわからない心が、彼の痣をよけて殴るように指示していた。そしてその心は、この後すぐにあたし達が、

「ごめん。いまのは冗談だよ」

と言い合って仲直りするだろうと予想していた。あたしはブレイク後の最初の音を

出す時にデイジーさんを見るように、フジシマを見た。

フジシマは、あたしが手を放してテーブルから少し離れた場所に座っても、しばらくは目を伏せて灰皿や菓子パンの袋や空のマッチ箱を見ていた。そしてマッチ箱を指先で潰し、ようやくあたしを見上げた。

「気が済んだか」

強い風が吹き抜けていったように、部屋の中が静かになった。いままで熱かったあたしの身体が、それに同調して冷えていくのがわかった。けれども目の前にいる男の皮膚は、それよりもまだ低い温度に見えた。

「帰れよ、タクシーでも何でも呼んでさ。金出してやるよ」

フジシマは無表情に言い、電話を顎で指した。あたしはぎくりとして唾を呑みこんだ。フジシマの目が、きれいな水で何度も洗ったように透き通っていたからだった。きっと、身体のエネルギーが切れて目が機能しなくなってしまったのだろうとあたしは思った。

どうしようもない、という言葉が、波に打ち上げられた海草のようにあたしの頭に放り投げられた。あたしはその海草を拾い上げた。それは、あたしが知っているどうしようもない、という言葉よりずっと軽かった。けれどもアスファルトのように硬く、砂漠を掘っているように果てがなかった。

あたしは何時間も座り続けていた老婆のように立ち上がり、鞄を部屋の真中に出して、化粧品や歯ブラシやドライヤーや、はずして置いてあったネックレスや、床に転がっているカセットテープや口紅やライターやシールドや電池や雑誌を、その中に落としていった。憶えていたよりずっと多くの物が、部屋のあちこちに散らばっていた。フジシマの横を通って小さな青い目覚し時計を取ると、彼はやっと充電が終わったように息をついて、煙草を咥えながらあたしのコップの氷を自分のコップに移し、酒を注いだ。

あたしは黙って楽器と鞄を腰を折り曲げて担ぎ、チューリップの花束を手に持った。下を向いた花たちはさわさわと揺れ、それは確かに、うなだれたたくさんの小さなあたしだった。

久し振りに鞄を二つと化粧道具箱と楽器を持ったあたしは、忘れかけていた感覚に思わず「重い」と口に出して言った。フジシマは、はっとして顔を上げて手の動きを静止させたが、すぐにコップを傾けて酒を飲み干し、机に向かう受験生のようにうつむいた。

あたしは、足を引きずってフジシマの前を通り過ぎた。台所に一歩足を踏みいれると、背中からフジシマの声が聞こえた。

「ガキのくせに、何で俺なんかについて来たんだよ」

流しの横にあるフジシマの藤色のコーヒーカップが、目に止まった。その横に、昨日彼が作ってくれたサラダを入れたボウルが置いてあった。ボウルは洗ってあったけれども、目を凝らすと、底に近いところに貝割れ大根が一本貼りついていた。あたしは振り返らず、流しの横を通る時に貝割れ大根をつまんで捨てた。

玄関に脱ぎ散らかしてあるフジシマのブーツをかき分けて靴を履き、黙ったまま外に出て小さな歩幅で歩いた。神社まで来ると、塀に寄りかかって空を見上げた。目の奥に澱《よど》んでいた痺《しび》れと熱が、頭の後ろに重心と一緒に移動していった。

「子供なのは、あたしのせいじゃないよ」

あたしは、紺色に見える空に向かって呟いた。煙草が喫いたかったけれども、両手がふさがっている上に、ライターは鞄のどのあたりに潜っているのか見当もつかなかった。荷物を降ろしてしまうともう一人では持てなくなるような気がしたので、諦めて歩き出した。

あたしは十五歳の子供で、オヤジもオフクロも心配しているはずなのに、どこに帰ればいいのかわからなかった。こんな時間では、あたしの生まれた家は父親と母親と弟と贅沢な猫を守るために、ドアチェーンをかけてぐっすりと眠っているに違いなかった。

とにかく駅まで行って、エミさんに電話をして泊めて貰うことに決めた。エミさんが駄目だったらセシリアさん、セシリアさんが駄目だったら、と考えながら歩いていると、「キューリとミカン」の前に来た。ネオンサインは消え、いつもはチラシや空缶やチケットの半券が落ちている入口の周りも、きれいに掃かれていた。古い木のドアは閉じられていて、精巧な模型のように見えた。

鞄を担ぎ直し、また歩き出そうとすると、扉が細く開き、中から三原さんが出てきた。彼は手に持っていた茶色の袋から鍵を出して鍵穴に差しこむと、ふと顔を上げた。

「何だ。仕事の帰りか」

あたしは首を振った。挨拶をしようと思っているのに、舌が深い傷でも負っているように痛かった。

「あの」

三原さんが怪訝そうに見ているので、あたしは懸命に舌を動かした。別に何でもないです、と言おうとした時、彼は音もなく隣りに来て、眉をひそめてあたしの鞄を肩から降ろした。

「あの、何でも……」

三原さんは眉を寄せたまま鞄を二つまとめて持ち、あたしの肩に腕を廻した。三原さんの身体の方にある肩はひりひりと痛んでいたけれども、急に軽くなって奴隷が解放された時のように喜んでいた。彼は差しこんだままの鍵を引き抜き、扉を開けた。

「入れ。ちょうど帰ろうとしていたところだ」

「あたし、本当に」

「いいから入れ」

三原さんはあたしの言葉を遮って、先に階段を降りていった。狭く古い階段は、あたし達の体重を順番に受け止めて、調子の悪いロボットが動く時のような音をたてた。

三原さんはあたしの荷物をカウンターに載せ、楽器と花束と化粧道具箱を置くようにと指で入口に近いテーブルを示した。店の中は真暗で、冷蔵庫が静かに寝息をたてていた。客席の椅子はテーブルに上げられ、ステージも片付いていて広かった。

三原さんは厨房《ちゅうぼう》の電気を点けた。夜中の屋台のラーメン屋のように、カウンターの周りだけが明るくなった。彼は奥から背の高い折り畳みの椅子を出して、カウンターの前に置いた。

あたしがテーブルの横に突っ立ったままだったので、カウンターの中に入ろうとした三原さんは戻って来て、さっきと同じようにあたしの肩を抱いて椅子に座らせた。彼の腕はあたしの身体のどこに触れればいいかを正確に把握しているように動いたが、実際に触れるときには、遠慮がちに少し硬くなった。

涙が溜まってびしょ濡れになった内臓が、口から出てきそうな気分だった。それは構わなかったけれど、出てきた内臓を掌で受け止めてまた呑みこむのは嫌だった。あたしは前屈みになって、組んだ両腕で下腹のあたりを押さえた。

「ウイスキーだったたな」

顔を上げると、カウンターの向こうで、三原さんが忙しく働いていた。

「あの、いいです」

「気にしなくていい」

「本当に、今日はいいんです」

あたしの身体の中は、発色のいい黒いクレヨンで塗り潰されたようだった。嫌な気分をどうにかするために酒を飲むのは、何かとても卑怯《ひきょう》なことのように思えた。三原さんは少し首を傾げてあたしを見て、ジンジャーエールを出してくれた。

「食べる物がないな」

「お腹、空いてないです」

カウンターに籠いっぱいのポップコーンを置き、三原さんは水色のタオルで手を拭いてあたしの向かいに座った。彼は二つのコップにジンジャーエールを注ぎ、一つをあたしの方に押した。あたしは背中を伸ばして、

「すみません、いただきます」

と言い、コップを軽く合わせた。三原さんはうなずいて、

「お疲れさまでした」

と答えた。朝礼が始まる前の生徒達のように元気よく跳ねていた泡がおさまると、氷が軋みながら溶けていく音が聞こえた。三原さんはカウンターに両肘をついて何か考えていたが、いつもと同じように尋ねた。

「チェルシーは、どうだ」

「色々と大変ですけど、何とかやっています。それに、いまは夏休みですから」

「そうか」

三原さんは少し黙り、いつも持ち歩いている茶色い革の袋から煙草とライターを出した。

「酒が飲めないと」

彼は煙草のセロファンを破りながら、静かに言った。

「不便だと思うことがある」

あたしは首を振り、三原さんが咥えた煙草に両手で火を点けた。煙草の先がオレンジ色に染まった瞬間、彼は目を細めた。眠っている時に、好きな女のことを思い出したような顔つきだった。

あたしは、三原さんの顔を一所懸命に見つめた。必ず携帯していなければならないお守りを、服の間から取り出して眺めているような気持ちだった。あたしの身体の内側は、ゆっくりと機能を回復し、体温を高めたり神経をつなぎ合わせたりした。

「三原さん」

「ん」

子供なのはあたしのせいじゃないですよね、と言いかけたあたしを、何か大きな力が引き止めた。そう言ってしまうと、多分三原さんはひどく悲しむと、その大きな力が喉を優しくさすっていた。あたしは言いかけた言葉を呑みこみ、圧縮して潰した。

「今日は、仕事じゃなくて」

「そうか」

「あたし、フジシマ、くんの所にいたんです。夏休みに入ってから、ずっと」

「藤嶋？」

三原さんは聞き返し、驚いたように、

「あの藤嶋か」

と確かめた。

「はい」

「付き合ってたのか」

「そんなに、長い期間じゃないですけど」

「おまえ、いくつだ」

三原さんは、ずっと前の忘れ物を差し出して尋ねるような口調で言った。

「十五歳です」

「そうだよな」

彼は思い出したように立ち上がり、楽屋からCDラジカセを運んできて、この店でライブを行なったイギリスの古いロックバンドの曲をかけた。あたしも知っている、売春婦のことを歌った曲が流れてきた。

「このバンドがここでライブをやった時に」

「うん」

「知り合ったんです」

「あいつ、来てたか」

三原さんは、その時の客の顔を頭の中で辿るように、天井に目をやってしばらく考えていた。

「いえ」

「来てないな。確か、来ていないはずだ。俺も、もう何年も会っていない」

「外で、チェルシーのメンバーを待ってる時に、酔っ払って歩いてて」

説明すると、三原さんは声を出さずにおかしそうに笑った。リラックスした筋肉の動きが、彼の顔を小さな子供に見せた。

「相変わらずだ」

「そうですか」

「ああ」

三原さんはうなずき、ふと真面目な顔になった。

「前に藤嶋のことを聞いたな」

「はい」

「あの時、何かの拍子で奴のことを知って、ファンになったんだろうと思っていた」

「ファン、ですか。片思いっていうことですか」

「そうだな」

三原さんはまたうなずき、チューリップの花束をちらりと見てから続けた。

「俺が知っている頃の話だが、藤嶋は、小さい子と付き合うような男じゃなかったからな」

「ああ」

あたしは溜息をついて、ライターの蓋を開けたり閉めたりした。ライターがフジシマに投げられて、プラモデルの飛行機のように水平に飛んでいった様子が、頭に浮かんだ。

「小さい子に対しては、変に真面目だった」

「はい」

「女だけにじゃなくて、男にもだ」

「はい」

下を向いていちいち返事をしていると、三原さんはゆっくりと腕を伸ばしてあたしの頭に掌を置いた。あたしと三原さんの間を、白く硬い腕がつないでいた。

「大人になったら、うんといい女になって、また会いに行けばいいさ」

あたしの手から、ライターが短い音をたてて落ちた。それを拾うかわりに、カウンターの表面を指で擦った。あたしの指は、まだ流れていない涙を拭っているようだった。

「そうすればいい」

「はい」

　三原さんは、またゆっくりと掌をあたしの頭から離し、じっとあたしを見ていた。彼の瞳は質のいい刃物が光っているようで、あたしは思わずその刃物に凭れた。三原さんは、それを素早く認めて、視線を少し傾けてあたしを支えた。

あたしと三原さんは、それからしばらくカウンターに肘をついて黙っていた。CDラジカセから何曲かが流れ、不意に静かになった。三原さんは仔ウサギに触れるような手つきで機械からCDを取り出し、茶色の袋の中にしまった。彼が別のCDをかけようとしたので、あたしは、

「あの、もう帰りますから」

と言った。三原さんは、尖った肩越しに振り返った。

「家に帰るのか」

「いえ。エミさんの所に……」

あたしが不明瞭に言うと、三原さんは、

「連絡したのか」

　と続けた。

「……はい」

「それならいい」

彼は静かに言い、それとはまるで似合わない厳しい目であたしを見ると、水色の財布から名刺を出して、太い万年筆で裏に何か書いてあたしに渡した。名刺には彼のフルネームと、三軒のライブハウスの住所と電話番号が横書きで印刷されていた。裏に返すと、経理のベテランが書いたような整った数字が、乾ききっていないインクを光らせていた。

「俺の家だ。何時にかけても構わない」

「あの」

「行くか」

「すみません」

あたしは椅子から立って、深く頭を下げた。三原さんは何も言わずに首を振り、CDラジカセのコンセントを抜いた。コップとポップコーンが入った籠を厨房に運ぼうとすると、彼は、

「このままでいい」

と言い、あたしの肩を軽く叩いた。間近で並ぶと、三原さんはフジシマよりも少し

背が高く、体を作っている骨は細かった。黄色味の少ない皮膚は、毎日夜中まで起きているせいか、少し疲れているように見えた。

「エミのマンションは、代々木《よよぎ》だったな」

「はい」

「送って行くか」

「大丈夫です」

小さな声しか出なかったけれども、なるべくはっきりと言った。泊めて貰えるかどうかわからないということよりも、三原さんにこれ以上甘えてはいけないという気持ちが、身体の内側をくまなく掃除して、よくしなる丈夫な杭で立て直した。

「三原さん」

「ん」

「あたしは、もう大丈夫です。本当に」

「そうだな」

「どうも、ありがとうございました」

「ああ」

三原さんはあたしの荷物を持ち、電気を消した。店は、全ての機能が閉ざされて暗くなり、眠っている象の耳の下に滑りこんだようだった。

店を出ると、彼はあたしに荷物を渡した。

「十五分後には家に着いている。またすぐに出かけるかもしれないが、お袋が起きているだろうから、事情を話せ」

「はい」

あたしはさっきと同じように荷物を肩に担いだり手に持ったりして、海外旅行帰りの子供のような姿で立っていた。三原さんは少し心配そうな顔をあたしに向け、

「それじゃ」

と、繁華街と反対の方角に歩いていった。彼の背中に、頭を下げた。肩の鞄が振子のように前に揺れてよろけ、あたしは片方の手に持っていた鞄を道路に置いた。

あたしは花束から、四本のチューリップを抜き出した。細く長い茎は、まっすぐに揃ったベースの弦と似ていた。振り返り、「キューリとミカン」の前の駐車場のフェンスを支えているブロックの隣りに、四本のチューリップをそっと置いた。アスファルトに横たわった花は、微かに揺れたように見えた。

文庫版あとがき

はじめましてのかたもお馴染みのかたも、こんにちは。『チューリップの誕生日』を手に取っていただいて、ありがとうございます。

これは、私のデビュー作です。一九九二年に「すばる文学賞」という新人賞をいただきまして、単行本にしていただきました。当時知らされていた発売日より何日か早く書店に並び、たまたま地元の書店に出かけた私は自分の本にばったり遭遇、「あわわわわ」と真っ赤になって何も買わずに逃げ帰った記憶もまるで昨日のよう。しかし、それからはや十五年。月日の経つのはあっという間だ。もしかして「それ、私が生まれる前の話」なんて読者のかたもいらっしゃるかも。はい、馬齢《ばれい》を重ねたというのはまさに私のような者に使う言葉ですね。

さて『チューリップの誕生日』、物語の設定は九〇年です。世の中はまだ好景気に浮かれ、出生率低下が深刻になり始め、秋篠宮《あきしののみや》家が誕生し、携帯電話は「黒板消しか？」くらいの大きさで、使ってる人はあきらかに普通の職業ではない感じで、では普通のご家庭はと言えばパソコンどころかＦＡＸだってないのが当たり前な、個人的には人生七度目の引越をし、初めて自分専用のミニコンポを入手した、そんな年でありました。

そしてその少し前には「空前のバンドブーム」ってやつが起こっていたのです。それまではロックなんてものは、本当に限られた人たちの聴くものでありました。たいがいの人は、ポップスや歌謡曲、ニューミュージックなんてものを聴いていたのです。あのクソうるさい音楽を聴きにわざわざライブハウスなんかに行くのは素行の良くない、それこそこっそり不法な草なんかを栽培してるような、夜な夜な不純異性もしくは同性交遊に耽《ふけ》っている人たちなのではないか、とほとんど本気で思われていたのです。おうおう悪かったなあ革のパンツで黒のマニキュアでよう（当時はそんな恰好してる人いなかったのですよ）、てなもんです。そして実は仲間うちでも「女にロックがわかるか」なんてことを平気で言う奴が、いっぱいいたのです。

ところがその「バンドブーム」ってやつで、ベースとギターの区別もつかないような兄ちゃん姉ちゃんまでもが「いいじゃーんいけてるじゃーん」とばかりに一足飛びにバンドを始め、ライブハウスは林立（ちと大袈裟）、インディーズレーベルは雨後の筍《たけのこ》、やれあれそれがどうでこうで、やれこれこれはそうでああで、いままでフツーに取れてたチケットなんかもいきなりな競争率になってしまいました。何だか今年のレッズとマンUの試合みたいだな。

なんだかなあ。私はちょっと複雑でした。排他主義でも何でもないし、リスナーが広がっていくのはいいことだと常々思ってはいるのですが、それにしてもこの狂乱ぶりってどういうことだろう。ミュージシャンが登場しただけで大騒ぎ、演奏がどうかなんてお構いなし、そんなのは……違うんじゃないのか？

私が子供の頃に緊張しながら行ってたライブハウスは、恰好いいお兄さんやお姉さんがいっぱいいいた。もちろん世間的には度肝を抜かれるような姿の人たちだったけど、こんな子供にちょっとぶつかっただけでも「あ、ごめんね」ってきちんと謝ってくれるような、「こないだの、行った？」「行ったわよもう。遅れるとは思ってたけど、始まったの十時だなんてねえ。やらないかと思ったわ」「朗読のレコード、出るんだってね」「えっいつ？　絶対買わなきゃ」なんて何げない会話も大人っぽくて、あたしもあんなふうになれるのかなあ、がんばんなきゃって憧れるような人たち。演奏が不満だったら、思いきり野次を飛ばして、それがまた周りを納得させてしまうような。薄暗くて、たいていは汚い店の中には、そこにしかないものが山ほどあった。

いまは違うもんなあ。そんなの、やだなあ。いや「やだなあ」じゃなくて、もっとはっきり。

「そんなの違う！」

そんな、怒り半分で書き始めたのが『チューリップの誕生日』でした。

そしていま、私は他の音楽も聴けるようになりました。クラシック（でも賑やか系）、オペラ、演歌（いつもまじ泣き）、ミュージカル。どれも、生《ライブ》はいいです。やった！チケ取れた！　の喜びから始まって、会場まで、開演まで、公演中、帰り道、どこもそれぞれ違った喜びに満ちた、幸せな時間です。

でもやっぱり、私にとってはライブハウスでロックが一番。ライブ中にふと我に返って、こんなに、こんなに夢のような空間があるんだ、外は宴会やってたりカラオケやってたりする、普通の時間なんだ、と思うとその儚《はかな》さに涙が出そうになります。神様ありがとう。私たちにこんなに素敵なプレゼントを下さって、と、心から感謝します。

これからも、たいていのことなら、音楽を聴いて乗り越えていけると思うんだ。この本を読んで下さったかたにも、そんな気持ちが伝わったらいいな、と思います。あなたにとってそれは音楽じゃないかも知れないけど、たいていのことは、乗り越えられるものだ。最近、よくそんなふうに思うんだ。

この作品も、女子高校生が主人公です。しかも彼女、いきなりプロのバンドでベースを弾くようになってしまいます。呼ばれてもいないオーディションに（って応募はしたんだけど）行って役をもぎ取ってくるあたり、正真正銘のシンデレラガールです（もしやこれって、死語?）。おまけに貧乏で無職で不潔で心優しい恋人までゲット。まったく、申し分ありません……。

本当でしょうか。若くして好きなことを仕事に出来て、恋人もいて、大人たちにも認められ、友人からは一目置かれ、寝る時間がないどころか食事も満足に出来ないような日々を送る高校生は、本当に幸せなんでしょうか。ただでさえ苦労が多い十代は、なるべくゆっくり、余裕を持って、退屈なくらいな毎日でもいいんじゃないでしょうか。

今回改めて読み直してみて、そんなことを思いました。すみません、自分で書いた小説にこんな感想で。

でも思うんだ。あなたがもし自分のことを「若い」と感じてるんなら、実際のあなたは、あなたが感じているよりずっと若いんだよ。そんなに何もかもは、出来なくて当たり前なんだよ。「そこまでは、まだ出来ません」って言って、いいんだよ。

今回も根本《ね》篤《もとあつし》編集長に、たいへんお世話になりました。カバーの写真を決める時「(私と) 意見が分かれた！　どうしよう！」とすごく動揺なさっていたのが印象的でした(『はじまりの空』はすんなり決まったので)。そもそもこの件で橋渡しをして下さった作家の沢村鐵《さわむらてつ》さん、解説を引き受けて下さった、いつも過分なお言葉をいただいている金原瑞人《かねはらみずひと》さん、ＪＩＶＥのイケメン営業部員大森将吾《おおもりしょうご》さん、会うたびに熱く励まして下さる石川順恵《いしかわじゅんけい》専務、その他お世話になった皆様に厚くお礼を申し上げます。

そして読者の皆様も、どうぞ幸せな日々でありますように。またお目にかかれる日まで。

2007年7月

愉井亜木子

解説

金原瑞人

先日、ジャイブの文庫編集部から楡井亜木子《にれいあきこ》の最新作『はじまりの空』の書評を依頼されたとき、あ、なつかしいなと思った。一九九三年に読んだ彼女のデビュー作『チューリップの誕生日』の記憶がはっきりとよみがえってきた。

一九八八年から五年ほど、朝日《あさひ》新聞で「ヤングアダルト招待席」とか「ブックバンド」という若者向けの書評欄を担当していた。いまでこそ「ヤングアダルト」というと、「おお!」と目を輝かせる人はまずいないとしても、「ああ!」とわかってくれる人が多くなってきたが、当時はそんな言葉を知っている人は数えるほどで、「え、なにそれ?」とたずねられるのがおちだった。

そんなわけで、出版社のほうも「ヤングアダルト」なんて名称は使おうとしなかった。海外ではヤングアダルトとして出版されている本を出すときでも、児童書とか一般書として出版されていた。だから、書評を担当している者は大変だった。数えきれないほどの児童書と一般書と、フィクションとノンフィクションを片っ端から読んでそのなかから若者向けにおもしろそうな本を選ぶ以外なかったのだ。あの頃は、日本語の本を一年に三百冊以上は読んでいたはず。そのなかから気に入って紹介する本はせいぜい二十冊くらい。となると、紹介した本にはどれも思い入れがある。

楡井亜木子の『チューリップの誕生日』もとても印象的な作品で、「フジシマ」というカタカナの名前もよく覚えている。

今回、この本の解説をまかされることになったので、読み返しながら、「いいなあ」と思う文章に赤でチェックを入れていって、読み終えてから、当時書いた自分の書評を読み返してみた。すると、今回チェックしたのと同じ部分が二箇所引用してあって、ちょっと笑ってしまった。あれからもう十五年近くたつというのに、文章の好みはあまり変わっていないらしい。

それともうひとつ笑ってしまったのは、この作品がすばる文学賞を受賞していたのをまったく知らなかったことだ。いや、書評を書いたときは頭にあったのかもしれないが、まったく記憶に残っていなかった。

それはともかく、読み返してみて、つくづくいい青春小説だなあと思う。若さ特有のひりつくような感覚と、ぴりぴりした緊張感、みずみずしい文体。たたきつけるようなエンディングも見事に決まっている。そして主人公ユーリのどうしようもない、やりどころのない、持て余して持て余して置き所のない気持が、ひしひしと伝わってくる。

〈ここからあとは、ネタバレの可能性があるので、作品を読み終えていない人は踏みこまないように〉

若さと幼さは紙一重で、その狭間で翻弄《ほんろう》されながらも必死に自分を殺さずに生きていこうとするユーリが痛ましいけれども、また頼もしい。

この小説のいちばんの魅力は、このユーリだろう。いつもひとりで、好きな男といっしょにいるときも、どこかに「ひとり」を宿しているところがなんともいえず、頼りなげで、そのくせ凛《りん》としている。そのアンバランスな魅力がここにはある。

しかしなにより魅力的なのは、世界と自分を見つめる目の鋭さだと思う。ユーリは自分の内と外を的確につかまえて、自分自身の言葉で表現する。それがそのままこの作品の文体になっている。

書評を頼まれることが多いせいで、本を読むときには、気になる箇所や、印象的な場面や、思わず立ち止まってしまう文章に出会うと、ページの端を折ることにしている。

『チューリップの誕生日』はついつい、あちこち折ってしまった。たとえば、こんなところだ。

三原さんの短く刈り上げた、黒いあざらしのように硬い髪や、身体にぴたりと貼りついた着古した白いTシャツや黒いジーンズは、周りの空気を休むことなく研いでいた。（6頁）

三原さんの言葉は、原石だった。それは、取り出して眺めるたびにあたしの視線で磨かれて、どんどん輝きを増していった。あたしは大人の女が宝石を見つめてうっとりするように、それを頭の中で味わい、甘い感覚を筋肉に拡散させていった。（9頁）

ユーリが（おそらく）初めて男として意識する三原という、強烈な個性の登場人物が短い文章で鮮やかに描かれている。

それから、こんなところ。

あたしはふと、何のために働いているのだろうかと考えた。すると、あたしの心は砂まみれの餅のように伸びて、身体の内側をざらざらと擦った。(52頁)

酔って熱くなった皮膚の上を、睫毛に触れて潰れた涙が首に向かって意外なほど長く伸びていき、鎖骨のあたりに届く頃にはすっかり冷えて不快な感触になっていた。涙も皮膚も自分のものなのに、お互いに嫌悪しあっているのがたまらなかった。(79頁)

ユーリの心象風景が、思いがけないイメージと言葉で端的に描かれている。これほど巧みに、そして美しく鮮やかに言葉を操ることのできる女の子(＝作家?)はめったにいない。

そしてこの文体は、最近のヤングアダルト作家にはちょっとみられないこともあって、とても新鮮だ。楡井亜木子、ヤングアダルトの新しい波になるかなという気がしているところ。

蛇足ながら、ユーリって女の子、ほんとにいいなあ。あと三年ほどしたら、フジシマなんか相手にしてもらえないほどいい女の子になってしまうんだろうな。

ちなみに、『チューリップの誕生日』の続編『夜が闇のうちに』もお勧め！

（翻訳家・法政大学教授）

本書は、１９９３年１月に集英社より刊行された作品に加筆・訂正し、文庫化したものです。

チューリップの誕生日《たんじょうび》

楡井亜木子《にれいあきこ》

2007年9月16日初版発行

発行者……石川順恵

発行所……ジャイブ株式会社

〒160-8565 東京都新宿区大京町22-1

編集……電話 03-5367-2743

営業……電話 03-5367-2725
FAX 03-5367-2709

注文センター……電話 049-274-1653
FAX 049-259-5244

印刷所 大日本印刷株式会社

定価はカバーに表示されています。

乱丁・落丁本は、購入された書店を明記して、小社あてにお送りください。
送料小社負担にてお取替えいたします。

ピュアフル文庫

ジャイブHP http://www.jive-ltd.co.jp/

Printed in Japan
ISBN978-4-86176-427-1